長編小説

あやかし秘蜜機関

睦月影郎

竹書房文庫

目次

※この作品は竹書房文庫のために
書き下ろされたものです。

プロローグ―生から性へ―

(女性に触れられなかったのだけが、唯一の心残りだな……)

治郎《じろう》は思い、岸壁の上に立った。

なけなしの金で、最後に風俗にでも行こうかとも思ったのだが、まだ彼は十五歳だし、小柄で童顔なので実際の年齢より若く見られるから、まず店には入れてくれないだろう。

だから最後に一回オナニーだけして、こうしてアパートを出て海にやってきたのだった。

遺書などは書かなかった。

どうせ両親もいない苛《いじ》められっ子で、冷たい親戚たちの間をたらい回しにされているだけだから、理由など誰でも勝手に察してくれるに違いない。

月岡《つきおか》治郎は十五歳、高校一年生の六月。

彼は、中学時代から苛めの対象にされていた。なまじ勉強が出来、体育だけが苦手。一人っ子で、両親は半年前の旅行中に事故死してしまった。

高校に入学してからも、何かと中学時代の悪ガキどもに付きまとわれ、両親の生命保険金を当てにして金をたかられていた。

しかし実際金など無く、父親の借金と二人の葬式代で底を尽き、家も借家だったから家賃が払えずに追い出され、遠縁の家を転々とした末、今は高校一年生にして安アパートで一人暮らしをしていたのである。

頼りになる親戚はおらず、この分では高校すら僅《わず》か二ヶ月で退学し、どこかで働かなければならない状態であった。

高校に入ったばかりで親しい友人もなく、相談できる教師もいなかった。

最初から大学など夢のまた夢だったから、別に高校を中退しても構わないのだが、いざ働こうかと思った矢先に、また家賃滞納でアパートを追い出されることになってしまった。

それで何もかも気力を失い、急にあの世の両親に会いたくなったのである。

(まあ、ツイてなかったんだな。ここから飛べばすぐ楽になるだろう……)

治郎は思い、断崖絶壁を見下ろした。

周囲に人はおらず、ただ日暮れ時の風が荒く吹き付けていた。別に恐怖はなく、苛められる苦痛に比べれば一瞬で終わるに違いない。

いよいよ覚悟を決め、治郎は一歩踏み出した。

しかし、その時である。

「待って。治郎くん！」

いきなり女性の声がかかり、驚いて治郎が振り向くと、一人の髪の長い美女が駆け寄ってきた。

見覚えのない顔だが、彼女は確かに自分の名を呼んだ。

「探したのよ。ああ、間に合って良かった……」

彼女が言い、小柄な治郎をきつく胸に抱きすくめた。

甘ったるい匂いと温《ぬく》もり、顔に押し付けられる胸の膨らみが何とも心地よく、こんな最中だというのに、たちまち彼はムクムクと激しく勃起してきてしまった。

「いま死ぬのはあまりに勿体《もったい》ないわ。うちへ来て。高校も大学も行かせるわ。きっと生きていて良かったと思うから。だから命を私に預けて」

彼女が言い、治郎は朦朧《もうろう》としながら乳房の感触にうっとりとなった。

すると、彼女も気づいたように、そっとズボンの上から、治郎の股間に手を這わせてきたのである。

「すごい勃《た》ってる……、さすがに月岡家の末裔《まつえい》だわ……」

彼女は意味不明なことを呟《つぶや》き、とにかく治郎もすっかり美女に魅せられ、言う通りにしようと思ったのだった。

——そして、十年の歳月が流れた。

第一章　念願の目眩《めくるめ》く女体探検

1

「嫌です。やめてください……」

小雨の中、聞き覚えのある声が切迫して耳に入り、治郎はそちらへ行ってみた。

月岡治郎は二十五歳、職業はルポライターをしており、この近くのハイツに住んでいた。

夜の帰り道、ハイツに向かう近道の公園に、やはり知り合いの摩紀《まき》がいて、数人の学生らしき男たちに取り囲まれていた。

桜井《さくらい》摩紀は、彼が住むハイツの管理人の一人娘で十八歳、大学一年生である。どうやらコンパでアルコールを飲まされ、上級生の誰かが介抱にかこつけてラブホテルへでも誘おうとしているのだろう。

「なあ、誰を選ぶ？　君が決めていいよ」

「もう帰りますから……」

取り囲んだ男子学生たちが執拗に迫り、摩紀も懸命に拒んでいるのだが酔いで力が入らないようだ。きっと無理に甘いカクテルでも飲まされたのだろう。

喧嘩は苦手だが、とにかく治郎は割って入った。何しろ彼の最大の憧れが、摩紀の母親、由紀子《ゆきこ》なのである。

「摩紀ちゃん、送っていくよ」

「月岡さん……」

声をかけると、摩紀がほっとしたように言って彼に身を寄せてきた。

「なんだ、こいつ」

「横取りしようってのか、こら」

学生たちが酔いに任せ、口々に言って迫った。

「知り合いだ。連れて帰るよ」

治郎が言うと、手近な男がいきなりパンチを繰り出してきた。すると治郎は、紙一重で攻撃をかわしていた。

（あれ、よけられる……）

治郎は、自分でも驚いていた。昔からイジメにあったとき、下手に避けると相手の怒りを増幅することがあるから、大人しく殴られるのが常だったのだが、今は無意識に身体が動いていたのだ。

「てめえ、やるのか！」

拳をかわされ、バランスを崩した男がやはり激昂して攻撃を繰り返してきた。

それを治郎は、誰かに操られているように避けていた。

男はパンチが当たらずに苛立《いらだ》っていた。すると、その男だけでなく他の連中まで拳や蹴りを見舞ってきたが、それも治郎は難なくよけた。空気を相手にしているようなものだ。

さらに摑《つか》みかかろうとしたが、それも巧みに避けられ、連中の息が上がってきた。

と、そこへ声がかかった。

「何やってるの、あんたたち！」

女性の声に振り向くと、同じハイツの住人、小畑恵利香《おばたえりか》であった。ショートカットにメガネ。三十少し手前の人妻で子はなく、旦那は会社員、恵利香は近くのスーパーへパートに出ている。今はその帰りだろう。

摩紀は、さらに安心して恵利香に縋《すが》り付いた。

「あんたたち、未成年に酒飲ませたのね。大学に言えば退学になるわよ」

「い、いや……」

威勢の良い恵利香に言われ、連中は身を強《こわ》ばらせて戦意を喪失し、やがて目配せし合って立ち去っていった。

「大丈夫？　摩紀ちゃん。月岡さんも、良く守ったわね」

恵利香が言い、フラついている摩紀の身体を治郎の背に預けた。

治郎も美少女を背負い、一緒にハイツへ向かうと、恵利香が自分の傘を差し掛けてくれた。

「まあ、一度ぐらい酔って懲《こ》りるのもいいわね」

恵利香が言ったが、摩紀は治郎の背で朦朧となっていた。

（どうして攻撃が避けられたんだろう……）

彼は自分でも怪訝《けげん》に思ったが、背中に押し付けられる摩紀の胸の膨らみと、肩越しに感じる甘酸っぱい息の匂いにムクムクと勃起してきてしまった。

熱く湿り気ある吐息には、ほんのりアルコールの香気が混じっているが、大部分は可愛らしい果実臭である。

腰にコリコリ当たるのは、美少女の恥骨の膨らみであろうか。

しかも支えている彼の両手にも、摩紀の太腿《ふともも》の張りと弾力が伝わっていた。

とにかく足早にハイツに着き、まずは裏にある摩紀の家へ送っていった。

「まあ、済みません。摩紀、大丈夫なの？」

出てきた母親の由紀子が驚いて言い、治郎は背負ったまま上がり込んで摩紀の部屋に運び込み、恵利香も説明してくれた。

奥にある摩紀の部屋は六畳ほどの洋間で、学習机とベッドがある。ベッドに座らせると、由紀子と恵利香が上着を脱がせて横たえたのだった。

治郎は、美少女の部屋に籠《こ》もる思春期の体臭に、勃起が治まらなかった。

もちろん摩紀が脱がされるのを見ているわけにいかないので、彼は先に部屋を出てリビングで待った。

すると、間もなく由紀子と恵利香が戻ってきた。

「摩紀ちゃん、大丈夫ですか」

「ええ、大人しく寝ました。本当に、有難《ありがと》うございました」

リビングで茶を淹《い》れてくれ、由紀子が治郎と恵利香に言った。特に由紀子は、恵利香から事情を聞いたので治郎に深々と頭を下げた。

治郎の憧れの人妻、由紀子は三十九歳。

際立つ美女ではないが、淑《しと》やかな雰囲気の人妻で、その普通さが良かった。

彼は清楚な由紀子に激しく惹《ひ》かれ、初体験はこの人に手ほどきされたいと願い、オナニー妄想では毎晩のようにお世話になっていた。

由紀子の夫は不動産屋を営んでおり、今はまだ帰宅していないようだ。

セミロングの髪にほっそりした肉体、色白で卵に目鼻という顔立ちである。

やがて茶を飲むと、治郎と恵利香は桜井家を辞してハイツに向かった。

「ね、ちょっと寄らない？」

すると恵利香が言い、治郎も二階の恵利香の部屋に行くことにした。もちろん普段はこのようなことはなく、顔を合わせても会釈程度だったのだが、摩紀を守ったことでかなり見直されたのだろう。

部屋に入ると、間取りは階下の治郎と同じく六畳間と四畳半、小さなキッチンがある。ハイツは二階建てで、この間取りで上下合わせて四世帯が住み、独身者は治郎だけだった。

「お茶は飲んだばかりだからいいわね」

恵利香は言って、敷きっぱなしの布団に座り、彼もモジモジと腰を下ろした。

「すごい動きだったけど、何かスポーツやっていたの？」

やはり恵利香も、数人の攻撃をかわす治郎の動きが気になっていたようだ。

「いえ、何もしたことないです。身体が自然に動いただけでしたから」

治郎は答えながら、高校や大学の頃を思い出していた。

十五歳の時に大富豪らしき女性に自殺を救われ、屋敷に引き取られて暮らしながら高校に通ったが、もう苛めっ子と顔を合わせることもなくなった。

そして大学に入って四年間過ごし、文章を書くのが好きなのでルポライターとして生活するようになり、いつか恩返しをすることを誓い、このハイツで暮らしていたが、実にこの十年間があっという間で、しかも大雑把で朧《おぼろげ》気な記憶だけで、細かなことはあまり覚えていないのだった。

まあ、日々の生活に夢中で、あまり自分を振り返ることもしなかったのだろう。

だから、瞬《また》く間に十年が経ち、気がつくとこのハイツで暮らしていて、裏に住んでいる由紀子に憧れを寄せ、毎日の仕事と自炊とオナニーの日々が繰り返されていたのだった。

「そう、生まれつき身体能力が優れているのかしら」

恵利香は言うなり、いきなり彼の頬を叩いてきた。

「うわ……！」

頬を張られ、治郎は甘美な痛みに声を洩らした。

「あ、ごめんね、簡単によけるかと思ったのに」

恵利香も慌てて言い、彼の頬を両手のひらで挟んでさすった。

顔を迫らせて治郎を見つめるメガネの奥の眼差《まなざ》しが熱っぽく、ほんのり花粉のような甘い刺激を含んだ吐息が感じられた。

彼女は威勢の良い性格だが顔立ちは整い、実に巨乳で、治郎もたまに由紀子ばかりでなく、この恵利香の面影でも妄想オナニーでお世話になっていたから、ムクムクと激しく勃起してきてしまった。

もちろん、この十年間女性とは何もなかった。

助けてくれた富豪の美女との思い出も実に朦朧として、二十五歳の今もファーストキスさえ知らない童貞のままなのである。

「可愛いわ。奪ってもいい？」

顔を寄せたまま、恵利香が甘い吐息で囁《ささや》いた。どうやら、すっかり彼女は治郎に淫気を燃やしはじめてしまったようだ。

「ご、ご主人は……」

「今日は出張で帰らないのよ。だから心配しないで」

言われて、治郎も緊張と興奮に包まれながら、その気になってしまった。

2

「嫌じゃないなら脱いで」

恵利香が言って彼の頬から手を離し、メガネを外してテーブルに置いた。

切れ長の目に鼻筋が通り、今さらながらとびきりの美人だったのだと彼は思った。

もう結婚して丸三年らしく、旦那は忙しいから夜の交渉も疎《うと》くなり、恵利香は三十歳を目前にして相当に欲求が溜《た》まっているのかも知れない。

恵利香がブラウスのボタンを外しはじめたので、治郎もモジモジと脱ぎはじめた。

先に彼女が最後の一枚まで脱ぎ去り、布団に横たわった。今まで服の内に籠もっていた熱気が、甘ったるい女の匂いを含んで室内に立ち籠めた。

治郎は、彼女の裸を見るより、震える指先で自分の服を脱ぐのがやっとで、ようやく羞恥を堪《こら》えて下着を脱ぎ去ると、

「来て……」

恵利香が言って彼の手を握り、引っ張って添い寝させた。

抱き寄せられ、腕枕されると目の前に巨乳が息づき、腋《わき》から漂う濃厚に甘ったるい汗の匂いに包まれ、彼は身も心もぼうっとなってしまった。

いよいよ初体験できる日が来たのだ。今まで何もなかったのは、今日の悦《よろこ》びのためだったのだと思った。

「震えてるわ。もしかして、初めて？」

恵利香が囁き、治郎も身を硬くしながら小さく頷《うなず》いた。

「本当？　わあ、嬉しいわ。童貞の子とするの初めてよ。したいこといっぱいあるでしょう。何でも好きなようにして」

彼女が嬉しげに言って、きつく抱きすくめてきた。

治郎は目の前で息づく巨乳に、恐る恐る手を這わせ、生ぬるく湿った腋の下に鼻を埋め込んで甘ったるい汗の匂いを貪《むさぼ》った。

美女のナマの体臭で胸をいっぱいに満たしながら、初めてなのに何やら懐かしい気がした。

そして彼は乳首をいじり、そろそろと顔を移動させてチュッと吸い付いていった。

「ああ……」

恵利香がビクッと顔を仰《の》け反らせて喘ぎ、治郎も顔中を豊かで柔らかな膨らみに埋め込んで感触を味わい、チロチロと舌で転がした。

もう片方の乳首も含んで舐《な》め回し、濃厚な体臭に噎《む》せ返りながら、彼は滑らかな肌を舌でたどっていった。

臍《へそ》を舐め回し、腹部に顔を押し付けると、心地よい張りと弾力が返ってきた。丸みのある腰からムッチリした太腿へ降り、さらに彼はニョッキリと健康的な脚を舐め降りていった。

やはり早く割れ目を見たり舐めたりしたいが、せっかく初めて女体に触れ、しかも好きにして良いと言われているので、性急に終わらせることなく、まずは隅々まで観察したかったのだ。

スベスベの脚を舐め降りて足首まで行くと、彼は足裏に回り込んで美人妻の踵《かかと》から土踏まずに舌を這わせ、縮こまった指の間に鼻を割り込ませて嗅いだ。

一日中働いていた恵利香の指の股は、生ぬるい汗と脂《あぶら》にジットリと湿り、蒸れた匂いが濃く沁み付いていた。

充分に嗅いでから爪先にしゃぶり付き、順々に指の股に舌を挿《さ》し入れて味わうと、

「あう、そんなことしなくていいのに……」

恵利香が驚いたように呻《うめ》いて言い、彼の口の中で舌を挟み付けてきた。

治郎は、もう片方の足指もしゃぶり、味と匂いを貪り尽くしてしまった。

そして大股開きにさせて脚の内側を舐め上げ、量感ある滑らかな内腿をたどりながら、熱気と湿り気の籠もる股間に迫っていった。

「アア、恥ずかしいわ。舐めるの？　シャワーを浴びてないのに……」

恵利香が、急に思い出したように声を震わせ、羞恥に腰をくねらせた。

近々と顔を寄せて目を凝らすと、股間の丘には黒々と艶《つや》のある恥毛がふんわりと茂り、割れ目からはみ出す陰唇が興奮に濃く色づいて、溢れる愛液にヌラヌラと潤っていた。

そっと指を当てて左右に開くと、中も濡れたピンク色の柔肉。花弁のように襞《ひだ》の入り組む膣口《ちつこう》が息づき、ポツンとした尿道口もはっきり確認できた。

包皮の下からは、亀頭をミニチュアにしたようなクリトリスが、真珠色の光沢を放ってツンと突き立っていた。

艶《なま》めかしい眺めに堪らず、治郎は吸い寄せられるように割れ目にギュッと顔を埋め込んでいった。

柔らかな恥毛に鼻を擦りつけて嗅ぐと、生ぬるい汗とオシッコの匂いが濃厚に籠もり、悩ましく鼻腔を刺激してきた。

嗅ぎながら舌を挿し入れ、膣口の襞をクチュクチュ掻《か》き回してから、ゆっくり味わうように柔肉をたどってクリトリスまで舐め上げていくと、

「アアッ……！」

恵利香が身を弓なりに反らせて熱く喘ぎ、内腿でムッチリときつく彼の両頬を挟み付けてきた。

治郎はもがく腰を抱え込んで押さえながら、茂みに鼻を擦りつけて悩ましい匂いを嗅ぎ、淡い酸味のヌメリを味わいながらクリトリスに吸い付いた。

「い、いい気持ち……」

恵利香もうっとりと声を洩らしながら新たな愛液を漏《も》らし、白い下腹をヒクヒクと波打たせていた。

さらに治郎は彼女の両脚を浮かせ、白く豊満な尻の谷間にも迫っていった。

薄桃色の蕾《つぼみ》がキュッと閉じられ、鼻を埋め込むと蒸れた汗の匂いに混じり、ほんのりしたビネガー臭も鼻腔を刺激してきた。

パート先は、シャワートイレではないのかも知れない。

治郎は美人妻の生々しい匂いを貪ってから、舌を這わせて収縮する襞を濡らし、ヌ

ルッと潜り込ませて滑らかな粘膜を探った。

「あう、ダメ、そんなとこ……」

恵利香が呻き、キュッと肛門で舌先を締め付けてきた。あるいは亭主は、この部分を舐めないのかも知れない。

彼は充分に内部で舌を蠢《うごめ》かせてから、脚を下ろして再び割れ目に戻り、大洪水になっている潤いをすすり、クリトリスに吸い付いた。

「も、もうダメ……、いきそうよ……」

すっかり高まった恵利香が言って身を起こし、彼の顔を股間から追い出してきた。

治郎も這い出て横になると、今度は恵利香が上になって彼を大股開きにさせて腹這い、股間に顔を迫らせてきた。

「綺麗な色だわ……」

露出してピンピンに光沢を放つ亀頭を見つめて言い、彼は美女の熱い視線と吐息を感じてヒクヒクと幹を震わせた。

そして恵利香は舌を這わせ、肉棒の裏側をゆっくりたどり、粘液の滲《にじ》む尿道口をチロチロと舐め回してくれた。

「ああ……」

治郎は快感に喘ぎ、彼女も丸く開いた口に亀頭を捉え、モグモグとたぐるように根元まで深々と呑み込んできた。

熱い鼻息が恥毛をそよがせ、唇が付け根近くの幹を丸く締め付けて吸い、口の中ではクチュクチュと舌がからみつくように蠢き、たちまちペニス全体は人妻の生温かな唾液にどっぷりと浸った。

「ンン……」

恵利香が熱く鼻を鳴らし、顔を小刻みに上下させ、濡れた口でスポスポと強烈な摩擦を開始した。

「い、いきそう……」

急激に絶頂が迫った治郎が口走ると、すぐに恵利香はスポンと口を引き離した。

「大丈夫？　入れたいわ。なるべく我慢して。上から跨《また》いでもいい？」

「ええ……」

彼が頷くと、恵利香が身を起こして前進し、唾液に濡れて屹立《きつりつ》しているペニスに跨がってきた。そして先端に濡れた割れ目をあてがい、自ら指で陰唇を広げて位置を定めた。

そして息を詰め、童貞の感触を味わうようにゆっくり腰を沈み込ませてきた。

張り詰めた亀頭が潜り込むと、あとはヌルヌルッと滑らかに根元まで呑み込まれていった。

「アアッ……、いいわ……」

恵利香が顔を仰け反らせて喘ぎ、完全に座り込んで股間を密着させた。

治郎も、肉襞の摩擦と温もり、大量の潤いと締め付けを感じながら懸命に奥歯を嚙《か》み締めて暴発を堪えた。

やがて彼女が身を重ねてきたので、治郎も両手を回して下からしがみついた。

「膝を立てて……」

言われて、彼も両膝を立てて恵利香の尻を支えた。

胸には彼女の巨乳が押し付けられて心地よく弾《はず》み、恥毛が擦れ合い、コリコリする恥骨の膨らみまで伝わってきた。

「いい？　動くけど、なるべく長く保《も》たせてね」

恵利香が甘い息で囁き、上からピッタリと唇を重ねてきた。

治郎も柔らかな感触と唾液の湿り気を味わうと、舌がヌルッと潜り込んできたので歯を開いて受け入れた。

チロチロと舌が滑らかにからみつき、彼は生温かな唾液のヌメリと甘い刺激の息に酔いしれた。

　すると恵利香が舌をからめながら、徐々に腰を動かしはじめたのである。

　すぐにも大量の愛液で動きが滑らかになり、クチュクチュと淫らに湿った摩擦音が聞こえてきた。

3

「アア……、いい気持ち、いきそうよ……」

　恵利香が口を離し、淫らに唾液の糸を引きながら熱く口走った。

　治郎も合わせてズンズンと股間を突き上げると、溢れた愛液が彼の陰嚢《いんのう》から肛門の方にまで生温かく伝い流れてきた。

　そして恵利香の熱く濃厚な花粉臭の吐息を嗅ぎながら動いているうち、どうしようもなく彼も高まっていった。

「い、いきそう……」

　治郎は降参するように言い、それでも快感に腰の突き上げが止まらなかった。

「い、いいわ、いって……！」

恵利香も声を上ずらせながら答え、膣内の収縮を活発にさせた。

もう堪らず、治郎は大きな絶頂の快感に全身を貫かれてしまい、

「く……！」

呻きながら熱い大量のザーメンをドクンドクンと勢いよくほとばしらせ、柔肉の奥深い部分を直撃した。

「ヒッ！　熱いわ、感じる……、アアーッ……！」

すると噴出を受け止めた途端、恵利香もオルガスムスのスイッチが入ったように声を震わせ、ガクガクと狂おしい痙攣《けいれん》を開始したのだった。

膣内の収縮も最高潮になり、ザーメンを飲み込むかのようにキュッキュッと貪欲にきつく締まった。

治郎もオナニーとは違う、溶けてしまいそうな快感に身悶えながら、心置きなく最後の一滴まで出し尽くしてしまった。

すっかり満足しながら徐々に股間の突き上げを弱めていくと、

「ああ……」

恵利香も声を洩らし、肌の強ばりを解きながらグッタリともたれかかってきた。

治郎は重みと温もりを受け止め、まだ名残惜しげな収縮を繰り返している膣内で、

ヒクヒクと過敏に幹を震わせていた。

そして喘ぐ口に鼻を押し付け、花粉臭の悩ましい息を胸いっぱいに嗅ぎながら、うっとりと快感の余韻《よいん》に浸り込んでいった。

「一緒にいけて良かった……。気持ち良かったかしら？」

「ええ、すごく……」

囁かれ、治郎は感謝を込めて答えた。

「あう、まだ中で暴れているわ。もう充分……」

幹を脈打たせると、恵利香もかなり敏感になっており、感じすぎるように言って、そろそろと股間を引き離してきた。

そして枕元のティッシュを手にして身を起こし、自分で割れ目を拭きながら彼の股間に顔を寄せてきた。

しかし、拭いてくれるのかと思ったが、恵利香はいきなり、愛液とザーメンにまみれている亀頭にしゃぶり付いてきたのだ。

「あう……」

治郎は唐突な快感に呻き、思わず身を反らせた。

恵利香は彼の股間に熱い息を籠もらせ、吸い付きながら念入りに舌をからませ、ヌメリを吸い取ってくれた。

するとと過敏な状態を越え、新たな快感に彼自身はムクムクと恵利香の口の中で回復していったのだ。

生温かな唾液に濡れた舌が滑らかに蠢き、強ばりが増してくると彼女の吸引も強くなり、さらにリズミカルな摩擦も繰り返された。

「ま、またいきそう……」

治郎が激しく高まって言うと、恵利香もチュパッと口を離した。

「すごい回復力ね。いいわ、お口に出しても。もう一つになるのは充分だから」

恵利香が言い、今度は陰嚢に舌を這わせてくれた。

「アア……」

そこも新鮮な快感があった。

二つの睾丸《こうがん》が舌で転がされ、袋全体が生温かな唾液にまみれた。

さらに彼女は治郎の両脚を浮かせ、さっき自分がされたように尻の谷間も舐めてくれたのだ。

肛門にチロチロと舌が這い、これも実に妖《あや》しい快感だった。

充分に濡れると、恵利香はヌルッと潜り込ませてきた。

「く……」

治郎は呻き、モグモグと味わうように美女の舌先を肛門で締め付けた。

恵利香は内部で舌を蠢かせてから、ようやく脚を下ろし、再び亀頭にしゃぶり付いてくれた。

そして本格的に顔を上下させ、濡れた口でリズミカルな摩擦を繰り返してくれた。

「い、いく……、アアッ……！」

治郎は立て続けの絶頂に達して喘ぎ、二度目とも思えない快感を味わいながら、ありったけのザーメンをほとばしらせてしまった。

肉体の快感以上に、美女の清潔な口をザーメンで汚すという、禁断の思いが興奮を高めた。

「ンン……」

恵利香も喉の奥に噴出を受け止め、熱く鼻を鳴らしながら吸引と摩擦、舌の蠢きを続行してくれた。

治郎も心ゆくまで快感を味わい、最後の一滴まで出し尽くすと、今度こそ深い満足の中でグッタリと身を投げ出していった。

ようやく恵利香も愛撫を止め、亀頭を含んだまま口に溜まったザーメンをゴクリと一息に飲み込んでくれた。

「あう……」

嚥下《えんげ》とともに口腔がキュッと締まり、治郎は駄目押しの快感に呻いた。

恵利香も口を離し、なおも余りをしごくように幹を握って動かし、尿道口に脹らむ白濁の雫《しずく》まで、丁寧に舐め取ってくれたのだった。

相手がいるというのは一人のオナニーと違い、自分で虚《むな》しくザーメンの処理をしなくて済み、それが何とも幸せなことに思えたものだった。

「ど、どうか、もう……、有難うございました……」

治郎は過敏に幹を震わせ、降参するように腰をよじって言った。

すると恵利香も顔を上げ、ヌラリと淫らに舌なめずりした。

「二度目なのに、濃くて多いわ……」

恵利香が言い、大仕事でも終えたように太い息を吐いた。

そして彼女が身繕《みづくろ》いをはじめたので、治郎も呼吸を整えて起き上がり、心地よい脱力感の中で服を着たのだった。

「じゃ、僕帰りますね」

「ええ、どうしても我慢できなくなったら言うのよ。でも、そう年中はダメ」

「分かってます。決して図々しく迫ったりしませんので」

恵利香も、同じハイツの中だから人目が気になるだろうし、治郎も主婦の気持ちを察して答えた。

やがて恵利香の部屋を辞し、治郎は階段を下りて自分の部屋に戻った。

六畳間は万年床とテレビ、四畳半は机と本棚、ノートパソコンなどが置かれ、節約のため外食よりは自炊が多い。もっとも自炊といっても冷凍物やレトルトライスが主だった。

（とうとう初体験をしたんだな……）

もう今夜は何もする気がなく、治郎は服を脱ぎ、Tシャツとトランクスのまま布団に横になって感慨に耽《ふけ》った。

どうせなら裏に住む管理人の由紀子だったら嬉しかったが、もちろん何度か妄想でお世話になっている恵利香でも全く申し分なかった。

治郎は、恵利香としたあれこれの感触や匂いを思い出しながら、また勃起してしまったが、さすがに疲れているし、せっかく実体験をしたのだから余韻も楽しみたく、今夜はオナニーせず寝ることにした。

しかし女性の肉体を知ったことで、妄想もリアルになり、由紀子の肉体に当てはめて想像を巡らせてしまった。

やはり治郎にとって、最も魅惑的なのは美しく熟れた由紀子なのである。

窓から裏の家を見ても、もちろん由紀子の寝室や風呂などが覗けるわけではない。

しかし今夜は摩紀を送っていったので、図らずも家に入ることが出来、由紀子にも会えたのだから嬉しかった。

そしてそのあと思いもかけず、人妻でメガネ美女の恵利香と体験できたのだから、今日は最高の日であった。

やがて治郎はあれこれ思いながら、いつしか深い眠りに落ちていった。

4

「おはようございます。摩紀ちゃんはいかがですか」

翌朝、治郎がゴミ出しにハイツを出たところで、ばったり由紀子に会った。

「どうも風邪らしいので、大学は休ませました。ゆうべ雨に濡れたのが良くなかったのでしょうね」

由紀子が、困った顔をして答え、そして意を決したように彼女が言った。

「あの、月岡さん、今日はお出かけでしょうか」

「いいえ、家で仕事するつもりでしたから、出る予定はありませんが」

「まあ、それでしたらうちに来てもらえないでしょうか。私は主人の店へ書類を届けに行かないといけなくなりまして。宅配便が来るかも知れないので、うちにいてもらえたら助かります。摩紀を起こすのも可哀想なので」

「あ、構いません。じゃパソコンを持ってきますので」

「良かった。助かります」

由紀子が安心したように言い、彼は急いでゴミ出しをしてから部屋に戻り、ノートパソコンを持って出て施錠した。

由紀子にとって、まだ十八歳の摩紀は子供扱いで、そして治郎にも真面目で安心できる印象を持っているのだろう。

「摩紀も、月岡さんにお礼を言わないといけないと言っていました。私はお昼には戻りますので。何か買ってくるので、良ければ昼食をご一緒に」

「ええ、お気遣《きづか》いなく」

治郎は答え、一緒に桜井家に入りリビングにパソコンを置いた。

「トイレはそっち。冷蔵庫の飲み物もどうぞご自由に。電話は留守電になっているので出なくていいです。じゃ済みませんがお願いしますね」

由紀子は言い、すぐに出て行った。旦那の経営する不動産屋は、電車で二つ先の駅前である。

とにかく玄関を内側からロックしたついでに、治郎は由紀子のものらしい靴の匂いを嗅いでしまった。しかし皮革の成分が僅かに感じられただけで、特に蒸れた匂いは感じられなかった。

さらに由紀子が脱いだばかりのスリッパも嗅いだが匂いは薄く、それでもまだ残る温もりに股間が熱くなってしまった。

もちろん真面目に仕事する気などない。

まず奥にある摩紀の部屋をそっと覗いてみたが、彼女は薬を飲んだばかりらしく、ぐっすり眠っているようだ。

室内の甘ったるく生ぬるい匂いを嗅いだだけでドアを閉め、彼は家の中を忍び足で歩き回った。

大きな家で、階下にはリビングとキッチン兼食堂、バストイレに摩紀の部屋、そして夫婦の寝室があるようだ。

こっそり二階にも上がってみたが、夫の書斎や客間、ベランダや二階にもトイレ、そして納戸《なんど》などがあった。

階下に戻り、夫婦の寝室を覗いてみた。

ベッドが二つ並び、セミダブルは夫のものだろう。治郎はシングルベッドに近づき由紀子が使う枕に顔を埋めて繊維に沁み込んだ匂いを貪った。

憧れの由紀子の髪の匂いに汗や涎《よだれ》、それら諸々の匂いが混じり合い、悩ましく鼻腔を刺激してきた。

さらにシーツも嗅ぎ、毛布の中にも潜り込んで美熟女の成分を嗅ぎまくった。

そして化粧台に行って、ヘアブラシを嗅ぎ、数本からみついている黒髪を抜いてハンカチに包んでポケットに入れた。

口紅もキャップを外して嗅ぎ、先端をチロリと舐めたが、自分の浅ましい顔が鏡に映り、すぐに彼は元通りに戻した。

クズ籠《かご》には、特に夫婦生活を処理したようなティッシュはない。

治郎は寝室を出て、洗面所とトイレを見た。

便座に頬ずりしたかったが、旦那も使っているから控え、隅にある汚物入れの蓋も開けてみたが空だった。

洗面所にある歯ブラシは三本。青と赤とピンクの柄だから、赤とピンクの歯ブラシだけ嗅ぐと、ほのかなハッカ臭が感じられた。

洗濯機を開けると、果たして多くの下着類が入っていた。今日は急いで出かけるから洗濯もしなかったようだ。

中を探ると、摩紀のものらしいワンピースにソックス、そして由紀子のパンストやブラウス、ブラやショーツもあった。旦那のものがないのは、ここのところ忙しくて帰宅していないのだろう。

ワンピースやブラウスの腋の下を嗅ぐと、どちらも甘ったるく、良く似た汗の匂いが沁み付いていた。それでもジックリ吟味して嗅ぐと、摩紀のものはレモンのような汗の匂いで、由紀子のものはミルク臭に近かった。

ソックスやパンストも嗅ぎ、爪先の脂じみたムレムレの匂いが胸に沁み込み、その刺激が艶めかしくペニスに伝わっていった。

いよいよ美しい母娘の下着を手にし、先に摩紀の小振りのものを裏返したが、特にシミや抜けた恥毛などはなく、実に清潔なものだった。

それでも鼻を埋めて嗅ぐと、繊維に沁み付いた思春期の体臭が甘酸っぱく鼻腔を刺激してきた。

そして嗅ぎまくってから、由紀子のショーツを裏返して観察したが、やはり目立ったシミなどはなく、僅かに食い込みの縦ジワが認められただけだった。

鼻を擦りつけて嗅ぐと、甘ったるい汗の匂いに混じり、うっすらと残尿臭らしき成分が鼻腔を刺激してきた。

さらに肛門の当たる部分も貪ったが、特にはっきりした匂いは感じられなかった。

しかし、あの憧れの由紀子の股間に密着していた下着と思うと、オナニーしなくても暴発しそうに高まってしまった。

（ここで抜いてしまおうか……）

そう思った途端、チャイムが鳴った。

「うわ……！」

治郎は慌てて手にしていたものを洗濯機に戻し、触れた痕跡がないか確認してから蓋を閉め、急いでリビングに戻った。

インターホンのモニターに宅配業者が映っていたので、彼は受話器を取った。

「はい」

「お届け物です」

「はい、いま開けます」

治郎は言ってインターホンを置いたが、やはり日頃から由紀子が使って喋っているのだろう。受話器には彼女の吐息や唾液らしき香りがほんのり感じられたものだ。

　これが本当の「口臭電話」だと下らないことを思いながら、彼は急いで玄関に行ってロックを解除した。

　ドアを開けて荷物を受け取り、渡されたボールペンで桜井とサインし、また閉めてロックした。

　荷物は、旦那が仕事に使う書類らしく、それをリビングのテーブルに置くと、また彼は洗面所に行って、もう一度触れた痕跡がないか確認した。

　すると、奥から声がしたのだ。

「月岡さん、いるんですか」

　摩紀の声である。どうやら今のチャイムの音で目を覚ましてしまったらしい。

　治郎は洗面所を出てリビングを通過し、奥にある摩紀の部屋に入った。

「わあ、いてくれたんですね。嬉しい……」

　横になったまま、摩紀が笑顔になって言った。

「どう、具合は」

「ええ、だいぶ楽になったのだけど」

　訊《き》くと、摩紀はまだ微熱にぼうっとした眼差しで答えた。

昨夜は、慣れない酒に酔って雨に打たれ、しかも三人に迫られてショックを受けた。そして帰宅して寝込んでから、さらに具合が悪くなったらしい。

「失礼」

治郎は言って、そっと彼女の額に手のひらを当てた。

「まだ少し熱があるかな。アルコールの方は抜けた？」

「ええ、ゆうべは少し気持ち悪かったけど、それはもう大丈夫です」

「朝食は食べたの？」

「お薬を飲むため少しだけ」

「そう。お昼にママが何か買ってくるから、その時また少し食べればいいだろう。ゆっくり休むといいよ」

治郎は、室内に籠もる甘ったるい匂いに勃起が治まらず、摩紀の可憐な顔立ちと熱っぽい眼差しに胸が高鳴った。

治郎の熱い思いは由紀子がメインなのだが、その由紀子から生まれてきた摩紀にも淫気が湧いた。実際には摩紀の方が年齢の釣り合いも取れるのである。

「だいぶ汗かいてるよ。拭いてあげようか」

「本当ですか？」

冗談めかして言ったのに、摩紀は全く拒まず、すぐにもして欲しいように答えた。

「タオルと着替え、そこにありますので」

摩紀が椅子を指すと、確かに由希子が用意したらしいものが備えられていた。

「じゃ、拭いてあげるけど、ママには内緒にして、自分で着替えたと言うんだよ」

「ええ、もちろんです」

摩紀が悪戯《いたずら》っぽい笑みで答え、治郎も毛布をめくった。今日は雨も上がって良く晴れており、そんなに寒くはないだろう。

彼は摩紀のパジャマのボタンを外し、左右に開いてから半身を起こしてやった。

脱がせると、さらに甘ったるい汗の匂いが生ぬるく漂い、彼の股間に響いてきた。

乳房は由紀子に似て、意外なほど形良く豊かな膨らみを見せていたが、乳首と乳輪は、まだまだ初々《ういうい》しい薄桃色だった。

高校までは女子校だったと言うから、まだキスも知らない処女なのだろう。

もっとも治郎も、昨夜までは無垢《むく》だったのである。

治郎は乾いたタオルで美少女の上半身を拭いてやると、摩紀もじっとして身を任せていた。

「あん、くすぐったい……」

腋や乳房を拭くと、摩紀がビクリと身を縮めて言い、治郎もタオル越しの感触を味わった。

再び横にさせ、今度はズボンを脱がせると、下には何も着けておらず、ぷっくりした股間に、楚々《そそ》とした淡い恥毛が目に入ってきた。

5

「ああ、恥ずかしいわ……」

摩紀が仰向けになって声を震わせ、それでも隠すわけでもなく、治郎が全裸の全身を隅々まで拭いてやると、じっと身を投げ出していた。

彼への好意もあるだろうが、やはり微熱で朦朧としているのだろう。

やがて全身を拭き終えた。シーツまでは替えるほど湿ってはいない。

「じゃ、着ようね」

「トイレ連れて行って」

言うと摩紀が、甘えるように彼に縋り付いてきた。

治郎は全裸の美少女を背負い、部屋を出てトイレに向かった。

昨夜背負ったときと違い、両手で支える太腿はムッチリしたナマの感触だ。

肩越しに感じる、熱く湿り気ある吐息は、昨夜以上に甘酸っぱい果実臭が濃厚で、悩ましく鼻腔を刺激してきた。具合が悪かったので昨夜も今朝も、歯磨きをしていないのかも知れない。

トイレに入り、背から下ろした摩紀を便座に座らせた。和式なら、幼児のように背後から抱えてさせられるのに残念である。

摩紀が息を詰めて尿意を高めはじめたので、治郎はあまりの可憐さと興奮に、とうとう屈み込んで、彼女の頬を両手で挟み、そっと唇を重ねてしまった。

彼女は驚いたように身じろいだが拒まず、それでも力んでいるので唇は引き締めたままだった。

「ンン……」

そして摩紀は小さく呻き、同時に下の方から、チョロチョロと軽やかなせせらぎが聞こえてきて、治郎は激しく勃起してきた。

まさかファーストキスしながらオシッコするなど、彼女は夢にも思っていなかっただろう。

舌を挿し入れたかったが、放尿中だし羞恥もあるので、摩紀は頑なに唇を引き結んでいた。

最初は遠慮がちな音だったが、次第に勢いが増し、唇が塞がれているので摩紀の鼻からは湿り気ある甘酸っぱい息が熱く洩れていた。しかし便座に座っているので、オシッコの匂いまでは感じられなかった。

ようやく流れが治まると、摩紀はそっと唇を離し、僅かに唇を開いて濃厚な息を吐いた。

「大きい方は？」

「出ないわ。もう終わりです」

「じゃ拭いてあげるね」

治郎は言ってトイレットペーパーをたぐり、そっと股間に当てて手探りで割れ目を拭《ぬぐ》ってやった。

「もっと中まで拭かないと……」

「あとで、ベッドでちゃんと拭いてあげるからね」

彼が言うと、摩紀は座ったまま、コックを捻って水を流してしまった。やはり出したものを見られたくなかったのだろう。

背を向けると、また摩紀は甘えるようにもたれかかり、彼は背負ってトイレの灯りを消し、ドアを閉めて部屋へと戻った。

治郎は、洗濯済みの乾いたパジャマの上衣を彼女に羽織らせてから、ベッドに横たえた。ボタンを嵌《は》めていないので、無垢なオッパイは見えているし、下半身も丸出しである。

しかし横になると安心したか、また摩紀は微熱でウトウトしはじめた。この分なら身体を拭いたこともトイレの手伝いも忘れてしまうか、夢の中の出来事と思ってくれるかも知れない。

「じゃ、ちゃんと拭いてあげるね」

治郎は言って股を開いたが、摩紀は力なく朦朧としていた。

処女の股間に向かう前に、先に彼は足指の間に鼻を割り込ませ、汗と脂に湿って生ぬるく蒸れた匂いを嗅いだ。

恐らく入浴は一昨夜だろう。昨日は一日大学に行って夜は合コン。そして帰宅後、そのまま寝てしまったから、ムレムレの匂いが実に濃く沁み付いていた。

治郎は悩ましく鼻腔を刺激されながら爪先をしゃぶり、両足とも味と匂いが薄れるまで貪り尽くしてしまった。

摩紀は反応せず、いつしか軽やかな寝息を立てはじめている。

治郎はいよいよ顔を進め、ムッチリと張りのある内腿を舐め上げ、熱気と湿り気の籠もる股間に迫っていった。

（ああ、処女の割れ目……）

治郎は感激と興奮に目を凝らした。

昨夜は、二十九歳の人妻である恵利香と懇《ねんご》ろになり、今日は無垢な割れ目を見られるのだから、何とも幸運が続いている。

ぷっくりした丘に、楚々とした若草がほんのひとつまみほど煙り、割れ目からは小振りの花びらが僅かにはみ出していた。

そっと指を当てて陰唇を左右に広げると、綺麗なピンクの柔肉はヌメヌメと潤っていた。もっとも愛液ではなく、さっきは中の方まで拭いていないから大部分は残尿であろう。

ポツンとした尿道口もはっきり見え、包皮の下からは小粒の、光沢あるピンクのクリトリスが顔を覗かせていた。

さらに両脚を浮かせると、大きな白桃のように白く丸い尻の谷間も覗き込んだ。

谷間の奥では、薄桃色の蕾が細かな襞をひっそり閉じられていた。

鼻を埋め込むと、ひんやりして弾力ある双丘が心地よく顔中に密着し、蒸れた汗の匂いに混じり、秘めやかな微香も籠もっていた。

治郎は何度も深呼吸して鼻腔を満たしてから、舌を這わせて襞を濡らし、ヌルッと浅く潜り込ませた。

「く……」

眠りながら、摩紀が小さく呻き、キュッと肛門で舌先を締め付けてきた。

彼は滑らかな粘膜を探り、ようやく脚を下ろして割れ目に移動した。

柔らかな若草に鼻を擦りつけて嗅ぐと、甘ったるい汗の匂いと悩ましい残尿臭が混じり、それに処女特有の恥垢《ちこう》であろうか、微かなチーズ臭も含まれて鼻腔を刺激してきた。

治郎は処女の匂いを貪り、充分に胸を満たしてから舌を這わせていった。

陰唇の内側は、生ぬるく淡いオシッコの味わいがあり、彼は膣口の襞をクチュクチュ搔き回し、内部の柔肉をたどって味わいながら、ゆっくりクリトリスまで舐め上げていった。

「あん……」

眠りながらも、摩紀が小さく声を洩らしピクンと内腿を震わせた。

やはりクリトリスは最も敏感で、眠りながらも感じるのだろう。それに十八歳ならば、オナニーをして快感も知っているに違いない。

治郎は舌先を上下左右に蠢かせ、チロチロとクリトリスを舐め、美少女の匂いに酔いしれた。

すると彼女の下腹がヒクヒクと波打ち、内腿がキュッときつく彼の両頬を挟み付けてきた。

摩紀の口が開いて忙《せわ》しげな口呼吸となり、残尿の潤いばかりでなく、幼い蜜が割れ目内部に溢れ、淡い酸味のヌメリで舌の動きが滑らかになってきた。

もう堪らず、治郎はいったん身を起こして下着ごとズボンを下ろし、ピンピンに勃起したペニスを露《あら》わにさせた。

もちろん挿入までする気はないし、せっかく微熱で朦朧としているのだから、起こしてまで戯れるつもりもなかった。

ここはこっそり、自分で処理してしまうのが無難であろう。

まして洗濯機の下着の匂いではなく、生身の美少女が濃い匂いを発して眠っているのである。

彼は再び割れ目を舐め、恥毛に籠もった匂いを貪りながら自らペニスをしごいた。

そして高まると、またいったん離れてティッシュを亀頭に巻いた。やはり飛び散ると面倒である。

今度は彼女のピンクの乳首を舐め、腋の甘ったるい汗の匂いを貪った。

さらに摩紀の唇に鼻を押し付け、唾液の湿り気と処女の唇の感触を味わい、熱く洩れてくる甘酸っぱい吐息で鼻腔を満たしながらペニスをしごいた。

濃厚な果実臭の湿り気が鼻腔を刺激し、もう我慢できずに治郎は激しく昇り詰めてしまった。

「く……！」

突き上がる大きな絶頂の快感に呻き、美少女の息を嗅ぎながら、熱い大量のザーメンをドクンドクンと勢いよくほとばしらせた。

そしてようやく気が済み、動きを止めて顔を上げ、荒い呼吸を繰り返しながらザーメンを拭った。

やはり通常のオナニーと違い、目の前で眠っている美少女をオカズにするのは興奮が大きく、いつまでも動悸《どうき》が治まらなかった。

やっと身繕いをし、拭いたティッシュを置き、摩紀にパジャマのズボンを穿かせ、上衣のボタンを留めて毛布を掛けてやった。

そして静かに部屋を出てトイレに行き、ザーメンを拭いたティッシュを流してからリビングに戻った。

もう十一時半を回ったので、そろそろ由紀子も帰ってくるだろう。

治郎はいちおう仕事しているふりをしてノートパソコンを開き、電源を入れ、由紀子の帰りを待ったのだった。

第二章　熟れ妻の悩ましき匂い

1

「月岡さん、今ちょっといいかしら」

ドアがノックされ、由紀子の声がしたので治郎は思わずドキリとした。

ついさっき、帰宅した由紀子と、起きてきた摩紀と三人で昼食を済ませ、彼は自分の部屋に戻ってきたところである。

（まさか、摩紀が言いつけたのでは……）

治郎はそう思ったが、ドアを開けて入ってきた由紀子の顔はにこやかで安心した。

「さっきは摩紀がいたので、すっかり忘れていたけれど、これ、あらためて昨日のお礼です」

由紀子が、買ってきたものを開いて言った。レトルトや、冷凍物の食材である。

「本当は、こういうものじゃなくちゃんと作った方が良いのでしょうけど、お仕事も忙しいだろうから」

「ええ、助かります。有難うございます」

治郎は礼を言い、すぐに冷凍庫へとしまった。

「摩紀ちゃんは」

「ええ、お昼を終えて薬を飲んで、また眠ったけれど、もう熱も下がってだいぶ良いようだから、明日から大学へ行けるかも知れないわ」

「そうですか、それなら良かった」

治郎は答えながら、摩紀も多少覚えていたにしても、母親に内緒にするぐらいの配慮はしているのだろうと思った。

「もうお酒も懲りたようだけど、大学生なのに、ひどい上級生たちだわ」

「ええ、だいぶ小畑さんが叱ってくれたから、連中も懲りたと思います」

「本当に助かりました。誰かにホテルにでも連れ込まれていたらと思うと……、あの子はまだ何も知らない子供だから」

由紀子がそう言い、摩紀は無垢だと確信した。そして、それでも治郎は摩紀が濡れていたことを密かに思い出した。

「月岡さんは、まだ彼女はいないの？」

由紀子が、女性が訪ねて来たりしないような雰囲気の室内を見回して言った。

「ええ、いません。欲しいのだけど」

「その気があるのなら、いくらでも出来るわ」

由紀子も、今日の用事を済ませ、摩紀も眠っているから安心して話し込んでいた。

「いえ、僕はまだ何も知らないので、出来れば恋人より、年上の女性に色々教わりたいんです」

治郎は言いながら、ムクムクと激しく勃起してきてしまった。昼前に一回抜いているが、それは摩紀がいたとはいえオナニーに等しいので、憧れの由紀子を前にして胸が高鳴ってきた。

「そう……、そういう人が出てくるといいわね」

「あの、由紀子さんが手ほどきしてくれないでしょうか。僕、最初に会ったときからずっと好きだったんです」

治郎は、思いきって言ってしまっていた。

恵利香と初体験できたし、摩紀も好意を寄せてくれているようだから、つい己《おのれ》を過信していたのだろう。

「無理よ。そんなこと言われても困るわ……」

由紀子は困惑の表情になって言い、帰ろうとして立ち上がった。

治郎も言ったことを後悔し、今後気まずくならなければ良いがと思った。

「本当に、まだ何も知らないの……？」

すると由紀子が、意を決したように振り向いて言った。

（これは、もしかして……）

治郎は脈がありそうな様子に期待して目を輝かせ、勢い込んで答えていた。

「はい、知りません。僕、由紀子さんのことばっかり思ってます！」

「そんな……、その熱い気持ちは困ってしまうけど、一度きりで、済んだら無かったことに出来る？」

「で、出来ます。僕、図々しく迫るような男じゃありません」

言うと由紀子も、自分でドアのロックを内側からしてからサンダルを脱いで上がり込んできた。

「一度きりよ。どうして欲しいの」

由紀子が、美しい顔をやや強ばらせ、彼の方を見ず俯《うつむ》いて言った。

「ど、どうか脱いで横になって下さい」

「シャワーを借りたいわ。午前中はあちこち歩き回ったから」

「どうか今のままでお願いします。僕は朝シャワーを浴びましたから」

彼は激しく勃起して答えた。それは本当で、シャワーを浴びてからゴミ出しに行って、由紀子に出会ったのである。

「だって、汗かいてるのよ……」

「自然のままの女性との体験が、長年の夢でしたので」

懇願すると、ようやく由紀子も諦めたように小さく頷き、ブラウスのボタンを外しはじめてくれた。二十五歳にもなって童貞だから、脱げば性急に挿入だけし、すぐに済むと思ったのかも知れない。

彼女が意を決して脱いでいくのを見ると、治郎も安心して手早く服を脱ぎ去り、全裸になっていった。

ピンピンに勃起しているペニスが、午前中に摩紀の匂いを嗅いで一回射精しているなど由紀子は夢にも思わないだろう。

やがてブラウスを脱ぐと、内に籠もっていた生ぬるい熱気が、甘ったるい汗の匂いを含んで男臭い室内に悩ましく立ち籠めはじめた。

ロングスカートなので、脱ぐとパンストではなくナマ脚にソックスだった。

由紀子はブラを外すと布団に座り、ソックスを脱いで横になり、腰を浮かせて最後の一枚を脱ぎ去り、一糸まとわぬ姿になってくれた。

治郎も、三十九歳の熟れた肢体を観察する余裕もなく添い寝してゆき、甘えるように腕枕してもらった。

「ああ、まさか、こんなことするなんて……」

由紀子が、まるで摩紀が微熱で朦朧としていたときと同じような面持ちで力なく言い、それでも彼の顔を胸に抱きすくめてくれた。

治郎は目の前で息づく、恵利香以上に豊かな巨乳に魅せられながら、腋から漂う濃厚に甘ったるい匂いに噎せ返った。

「アア、嬉しい……」

治郎は感極まって呟き、そのまま腋の下に鼻を埋め込み、そろそろと巨乳に手を這わせはじめた。

すると、スベスベだった恵利香と違い、腋の下には何と色っぽい腋毛が煙っていたのである。寝室を覗いた様子では夫婦仲は冷めた感じだったので、旦那の趣味とも思えず、むしろ誰ともセックスしていない証しのように思え、彼は清楚な美女と腋毛のギャップに激しい興奮を覚えた。

腋毛は実に淡く柔らかなものだったが、生ぬるく湿った感触は恥毛を思わせて何とも艶めかしかった。そしてミルクのように甘ったるい汗の匂いが濃厚に籠もり、彼は胸を満たして酔いしれた。

指の腹では、コリコリと硬くなった乳首をいじり、身を強ばらせてじっと我慢していた由紀子も、

「アアッ……」

とうとう熱い喘ぎを洩らし、うねうねと熟れ肌を悶えさせはじめたのだった。

充分に美熟女の体臭を嗅いでから、ようやく治郎は顔を移動させ、チュッと乳首に吸い付いていった。

「あう……」

由紀子が呻き、すっかり仰向けの受け身体勢になってゆき、治郎もそのままのしかかる形になった。

左右の乳首を交互に含んで舌で転がし、顔中を柔らかく豊かな膨らみに押し付けて感触を味わい、漂う甘ったるい体臭を貪った。

そして彼は、もう片方の腋の下にも鼻を埋めて新鮮な汗の匂いを嗅ぎ、白く滑らか

な熟れ肌を舐め降りていった。

脂の乗った肌は実にきめ細かく、時にうっすらと毛細血管が透け、思い切り嚙みつきたい衝動にさえ駆られた。

臍は四方から均等に肌が張り詰めて形良く、舌を這わせてから腹部に顔を押し付けると、何とも心地よい弾力が伝わってきた。

左右の豊満な腰のラインに舌を這わせると、

「あう、ダメ、くすぐったい……」

由紀子が身をよじって呻いた。やはり結婚十八年以上となると、肉体は熟れているのに亭主が多忙になって触れられることも少なくなり、未開発となってしまった部分が多く残っている気がした。

腰からムッチリした太腿に降り、脚を舐め降りると脛《すね》にもまばらな体毛があり、これも清楚な美女の野趣を垣間見てギャップ萌《も》えを覚えた。

足首まで行って足裏を舐め、形良く揃った指に鼻を押し付けると、やはりそこは汗と脂に生ぬるく湿り、ムレムレの匂いが濃く沁み付いていた。

治郎は美熟女の足の匂いを貪り、爪先にしゃぶり付いて順々に指の股に舌を割り込ませて味わった。

「く……、ダメよ、汚いから……」

由紀子は息を詰め、まるで幼児かペットの悪戯を叱るように言った。

治郎は両足ともしゃぶり、味と匂いを貪り尽くした。

「じゃ、うつ伏せになって下さいね」

言って促すと、由紀子も寝返りを打ち、うつ伏せになってくれた。

やはり治郎も、憧れの由紀子が相手だから、恵利香のとき以上に念入りに、全身の隅々まで味わいたいのだった。

2

(何て、綺麗な肌だろうか……)

治郎は、うつ伏せになったため由紀子の視線を気にすることもなく、遠慮なく裸体を眺めて思った。

屈み込んで踵を舐めると、どうも今日は亭主の会社へ行ったため新品の靴を履いたらしく、微かに靴擦れの痕《あと》が認められた。

こうしたところも、いかに美しくても女神ではなく、生身でリアルな女性なのだという思いを抱かせてくれた。

舌先で、傷ついた左右の靴擦れの痕を舐め、アキレス腱から脹《ふく》ら脛《はぎ》、汗ばんだヒカガミから太腿、豊満な尻の丸みを舐め上げていった。

腰から滑らかな背中を舐めると、ブラのホック痕は汗の味がし、

「あう……」

背中は感じるらしく、由紀子が顔を伏せたまま小さく呻いた。

肩まで行ってセミロングの髪に鼻を埋め、甘い匂いを吸い込んでから汗ばんだ耳の裏側も嗅いで舌を這わせた。

「く……」

由紀子はどこも感じるようで、小さく呻いてはビクリと反応した。簡単に挿入して済むという思惑も外れ、次第に彼の愛撫に我を忘れはじめたようだ。

再び背中を舐め降り、たまに脇腹にも寄り道してから、彼は白く豊満な尻に戻ってきた。

うつ伏せのまま股を開かせ、腹這いになって顔を寄せ、指でムッチリと双丘を広げると、ピンクの蕾はレモンの先のように、僅かに艶めかしく肉を盛り上げ、これも見てみなければ分からない形状だった。

弾力ある双丘に顔を埋め込み、蕾に鼻を押し付けて嗅いだ。

やはり蒸れた汗の匂いに混じり、ほのかなビネガー臭も籠もり、治郎は嬉々として微香を貪った。

そして舌を這わせて襞を濡らし、舌を潜り込ませると、ヌルッとした滑らかな粘膜は淡く甘苦い微妙な味わいが感じられた。

「ダメよ、そんなところ……」

由紀子が呻いて言い、キュッと肛門で舌先を締め付けてきた。

治郎が内部で舌を蠢かせると、

「ああっ、そこやめて……」

由紀子が喘ぎ、刺激を避けるように寝返りを打ってきた。彼も片方の脚をくぐり、やがて仰向けに戻って彼女の股間に顔を迫らせた。

量感ある滑らかな内腿を舐め上げて割れ目に迫ると、はみ出した陰唇から溢れた愛液が、内腿にまで淫らに糸を引いていた。

ふっくらした丘に茂る恥毛は情熱的に濃く、下の方は愛液の雫さえ宿しているではないか。

どうやら、相当に濡れやすく、感じやすい肉体をしているようだ。

だからこそ、治郎の懇願に応えてくれたのだろう。

陰唇を左右に広げると、溢れる愛液にヌルリと指が滑り、少し奥へ当て直してからグイッと開いた。

ピンクの柔肉はヌメヌメと大量の愛液に潤い、かつて摩紀が産まれ出てきた膣口は花弁のように襞を入り組ませて息づき、小さな尿道口もはっきり見えた。

包皮の下からは、小指の先ほどもあるクリトリスが光沢を放ってツンと突き立ち、もう堪らずに彼は、吸い寄せられるように顔を埋め込んでいった。

柔らかな茂みに鼻を擦りつけ、隅々に籠もる汗とオシッコの匂いを貪ると、悩ましい刺激が鼻腔を満たしてきた。

「いい匂い」

「あう、ダメ……」

嗅ぎながら股間から言うと、由紀子が呻き、内腿でムッチリときつく彼の両頬を挟み付けてきた。

治郎は淡い酸味のヌメリを舌で掻き回し、息づく膣口からクリトリスまで、ゆっくり味わいながら舐め上げていった。

「アアッ……！」

クリトリスを舐めると由紀子が熱く喘ぎ、ビクッと顔を仰け反らせた。

治郎はもがく豊満な腰を抱え込んで押さえ、チロチロと執拗にクリトリスを舐めては、泉のように溢れる愛液をすすり、チュッと吸い付いた。

「い、いい気持ち……」

人妻が羞恥を越え、とうとう正直な感想を洩らして悶えた。

彼は舐めながら指を膣口に当て、愛液にヌメらせながら潜り込ませていった。

中は温かく快適で、ペニスを入れたら心地よいだろうと思えるヒダヒダが妖しく蠢いていた。

さらに奥まで潜り込ませ、小刻みに内壁を擦り、天井のGスポットも指の腹で圧迫しながら、上の歯で包皮を剝《む》き、露出したクリトリスを吸った。

「も、もうダメ、いきそうよ……」

由紀子が嫌々をして声を洩らし、とうとう半身を起こして彼の顔を股間から追い出した。

治郎も素直に離れて仰向けになり、

「ね、今度は由紀子さんがして……」

大股開きになって言うと、彼女も息を弾ませながら股間に腹這いになってくれた。

「嫌でなかったら、ほんの少しでいいからお尻舐めて……」

治郎は自ら両脚を浮かせて尻を突き出し、両手で谷間を広げながらせがんだ。

いかに憧れの美熟女でも、これだけ彼女も興奮して濡れてくれれば、少々の我儘《わがまま》は聞いてくれるだろう。

するど由紀子も、自分がされたのでためらいなく顔を寄せ、尻に息がかかりセミロングの髪がくすぐった。そしてヌラヌラと滑らかで清潔な舌先が、彼の肛門を舐め回してくれた。

「あう、気持ちいい。もういいです。有難う……」

少し触れてくれれば気が済んだので、治郎が快感に脚を震わせて言うと、さらに彼女はヌルッと舌先を潜り込ませてくれたのである。

「く……！」

彼は快感と感激に呻き、味わうようにモグモグと肛門で美女の舌先を締め付けた。

由紀子は内部で舌を蠢かせ、熱い鼻息で陰嚢をくすぐった。

治郎は申し訳ないような快感に悶えながら、やがて脚を下ろした。

すると彼女も自然に舌を引き離し、鼻先にある陰嚢にしゃぶり付いてきた。

熱い息を股間に籠もらせ、二つの睾丸を舌で転がし、袋全体を生温かな唾液にまみれさせてくれた。

せがむようにペニスをヒクヒクさせると、いよいよ由紀子も顔を進め、肉棒の裏側をゆっくり味わうように舐め上げてきた。

滑らかな舌が先端まで来ると、彼女は小指を立てて幹を支え、粘液の滲む尿道口をチロチロと舐め回してくれた。

そして張り詰めた亀頭にしゃぶり付き、そのままスッポリと根元まで呑み込んでいった。

生温かく濡れた口腔に深々と含まれ、彼女の熱い鼻息が恥毛をくすぐった。

丸く開いた口で吸い付き、口の中ではクチュクチュと舌がからみつくように蠢き、ペニス全体は清らかな唾液にまみれて震えた。

「ああ、気持ちいい……」

治郎は快感に喘ぎ、彼女の口の中でヒクヒクと幹を上下させた。

そして快感に任せてズンズンと股間を突き上げはじめると、

「ンン……」

喉の奥を突かれた由紀子が小さく呻き、動きに合わせて顔を上下させ、スポスポと強烈な摩擦を繰り返してくれたのだ。

「い、いきそう、入れたい……」

治郎が絶頂を迫らせて言うと、由紀子もスポンと口を引き離してくれた。

「ね、上から跨いで入れてください……」

彼は幹を震わせて言った。昨夜、恵利香がしてくれた女上位が実に良く、やはり下から美しい顔を見るのが好きなのだった。

すると由紀子は、女上位などしたことがないようにモジモジしながらも、前進して彼の股間に跨がってきた。

そして彼女はそっと幹に指を添え、先端に割れ目を押し当て、ヌメリに合わせて擦りつけながら位置を定めると、息を詰めてゆっくり腰を沈み込ませてきた。

張り詰めた亀頭が潜り込むと、あとは大量の潤いと重みに助けられ、屹立したペニスはヌルヌルッと滑らかに根元まで嵌まり込んだ。

「アアッ……！」

完全に座り込んで股間を密着させると、由紀子がビクッと顔を仰け反らせて熱く喘いだ。

治郎も、肉襞の摩擦と温もり、潤いと締め付けを感じながら暴発を堪えた。

由紀子は彼の胸に両手を突っ張り、上体を反らせて硬直していたが、やがてゆっくり身を重ねてきた。

治郎も抱き留め、僅かに両膝を立てて豊満な尻を支えた。

胸には巨乳が密着して弾み、温もりと感触が快感を高めた。下から両手を回すと、彼女も治郎の肩に腕を回して完全に肌の前面を押し付けた。

恥毛が擦れ合い、ズンズンと小刻みに股間を突き上げると、コリコリする恥骨の膨らみも伝わってきた。

3

「ああ……、すごいわ……、奥まで響く……」

由紀子が目を閉じて喘ぎ、収縮を強めながら、突き上げに合わせて徐々に腰を遣いはじめてくれた。

治郎は下から彼女の白い首筋を舐め上げ、喘ぐ唇に迫った。

口が開かれ、ぬらりと光沢ある歯並びが覗き、間からは熱く湿り気ある息が洩れていた。

由紀子の吐息は白粉《おしろい》のように甘い刺激を含み、うっすらと昼食後のオニオン臭も混じって、何とも悩ましく鼻腔を掻き回してきた。

美女の、ケアしていない匂いというのもリアルで、むしろ刺激が濃いほどまたギャップ萌えが湧き、膣内のペニスが歓喜にヒクヒクと震えた。

顔を引き寄せて唇を重ね、舌を挿し入れて歯並びを舐めると、由紀子もネットリと舌をからませてくれた。

生温かな唾液にまみれた舌が滑らかに蠢き、彼女が下向きだから清らかな唾液も注がれてきた。治郎は小泡の多い粘液を味わい、うっとりと喉を潤して酔いしれながら突き上げを強めていった。

「い、いきそうよ……」

由紀子が口を離して言い、膣内の収縮を活発にさせた。大量に溢れる愛液が動きを滑らかにさせ、互いの股間がビショビショになり、ピチャクチャと淫らに湿った摩擦音も聞こえてきた。

「舐めて……」

治郎も高まりながら言い、彼女の口に鼻を押し込むと、由紀子はフェラチオでもするようにしゃぶってくれた。

甘い刺激の吐息と唾液のヌメリに包まれ、とうとう治郎は肉襞の摩擦の中で昇り詰めてしまった。

「く……！」

突き上がる大きな絶頂の快感に呻き、熱い大量のザーメンをドクンドクンと勢いよくほとばしらせ、柔肉の奥を直撃すると、

「い、いく……、アアーッ……！」

噴出を感じた由紀子も同時に声を上ずらせ、ガクガクと狂おしいオルガスムスの痙攣を開始した。

治郎は収縮の中で心ゆくまで快感を嚙み締め、本当に生きていて良かったと思いながら、最後の一滴まで出し尽くしていった。

すっかり満足し、徐々に突き上げを弱めていくと、

「アア……」

由紀子も声を洩らし、熟れ肌の硬直を解いてグッタリともたれかかってきた。

治郎は重みと温もりを受け止め、まだ息づく膣内に刺激され、ヒクヒクと過敏に幹を震わせた。

「あう、ダメ、感じすぎるわ……」

由紀子も敏感になっているように呻き、キュッときつく締め上げてきた。

治郎は美熟女の悩ましい吐息を嗅ぎながら、うっとりと快感の余韻を味わった。

「とうとうしちゃったわ……」

荒い呼吸を繰り返しながら、由紀子が呟くように言った。

「え……？」

「前から、こんなふうになる気がしていたの……」

彼女が言い、どうやら一度きりで忘れるという約束はなかったことになりそうな雰囲気で、治郎は幸福感に満たされた。由紀子も、前から何となく治郎に好意を持っていたようだった。

やがて彼女が、そろそろと股間を引き離した。

「シャワー借りるわね」

「ええ、じゃ一緒に」

由紀子が起き上がったので、ティッシュの処理もせず治郎も身を起こし、一緒にバスルームへと移動した。

シャワーの湯を出して全身を流し、彼女は割れ目を洗った。

湯を弾《はじ》く熟れ肌が実に艶めかしく、もちろん治郎も一回の射精で気が済むはずもなく、すぐにもムクムクと回復していった。

「ね、ここに立って」

治郎は床に座って言い、目の前に由紀子を立たせた。そして片方の足を浮かせてバスタブのふちに乗せさせ、開いた股間に顔を埋め込んだ。

濡れた恥毛の隅々にも籠もっていた濃厚な匂いは薄れてしまったが、それでも舌を挿し入れると、すぐにも新たな愛液が溢れ、淡い酸味のヌメリが舌の動きを滑らかにさせた。

「オシッコして」

「で、出ないわ、無理よ……」

「ほんの少しでもいいから」

舐め回しながら言うと、由紀子もまだ余韻の中で朦朧としながら多少尿意も高まってきたのか、息を詰めて力を入れはじめてくれた。

舐めていると奥の柔肉が迫《せ》り出すように盛り上がり、急に温もりと味わいが変化してきた。

「あう……、出ちゃいそうよ、離れて……」

由紀子が呻いて言ったが、なおも吸い付いていると、とうとう熱い流れがチョロチョロとほとばしってきた。

「アア……、ダメ……」

彼女が喘ぎ、ガクガクと膝を震わせたが、治郎は腰を抱え込み、熱い流れを舌に受けて味わった。味も匂いも実に淡く上品で、喉に流し込んでも全く抵抗がなくて嬉しかった。

いったん放たれてしまうと止めようもなく、否応《いやおう》なく勢いが増していき、口から溢れた分が温かく肌を伝い流れ、心地よくペニスを浸してきた。

「アア……」

由紀子が喘ぎ、やがて流れが治まった。治郎は残り香を味わいながら余りの雫をすすり、割れ目内部を舐め回した。

すると新たな愛液がトロトロと溢れ、残尿を洗い流すように淡い酸味のヌメリが満ちていった。

「も、もうダメ……」

由紀子が言って彼の顔を股間から突き放し、足を下ろすと力尽きたようにクタクタと座り込んできた。

それを抱き留め、彼はもう一度互いの全身をシャワーの湯で洗い流した。

支えながら立たせ、身体を拭いてバスルームを出ると、再び布団に戻った。

「もうこんなに勃《た》っているの……」

肌をくっつけると、由紀子がペニスを感じて言った。

「うん、もう一回したい」

「でも、もう私は無理よ……、摩紀も心配だから戻らないと……」

「じゃ、指でして。すぐ済むから」

治郎はそう言って、腕枕をしてもらい、彼女にペニスを握らせた。すると由紀子も手のひらに包み込み、ニギニギと愛撫してくれた。

彼も本当は口内発射して飲んでもらいたいが、性急に口を汚すのもためらわれ、このままかぐわしい息を嗅ぎながら指でしてもらおうと思った。それに、この様子ならまた次回もきっとあるだろう。

「唾《つば》を飲ませて」

「ダメよ、汚いわ……」

「お願い。オシッコまで飲んじゃったんだから」

「アア……」

由紀子は興奮を甦《よみがえ》らせたように言い、ペニスをしごきながら上から顔を寄せてくれた。そして形良い唇をすぼめ、白っぽく小泡の多い唾液をトロトロと吐き出してくれたのだ。

それを舌に受けて味わい、うっとりと飲み込んで酔いしれた。

「顔に、思い切りペッて吐きかけて」

「出来ないわ、人の顔にそんなこと……」

「どうしても、由紀子さんが決して他の男にしないことをされたい」

治郎は言いながら、彼女の顔を引き寄せた。指の動きが止まっているので、せがむように幹を震わせると、また愛撫を再開してくれた。

そして由紀子も、しなければ終わらないと思ったようで、ペッと唾液を吐きかけてくれた。

「ああ、もっと強く……」

白粉臭の吐息を顔に受け、生温かな飛沫《しぶき》で鼻筋を濡らされながら治郎が高まって喘いだ。

さらに強く吐きかけられると、治郎はそのまま由紀子のかぐわしい口に鼻を押し込み、湿り気ある匂いで鼻腔を満たしながら、あっという間に昇り詰めてしまった。

「アア、気持ちいい……」

幹を震わせながら喘ぎ、彼女の手のひらの中にドクドクと射精した。立て続けなのに、快感も量も変わらず、彼は心置きなく最後の一滴まで出し尽くした。

「ああ、も、もういいです、有難うございました……」

ザーメンにまみれた手でヌラヌラと擦られながら、治郎は過敏に腰をよじって降参した。

そして身を投げ出して荒い息遣いを繰り返していると、由紀子は手を離し、身を起こして洗面所で手を洗い、戻って身繕いをしはじめたのだった。

4

(とうとう、由紀子さんと出来たんだ……)

彼女が出ていってからも、治郎は横になったまま呼吸を整え、いつまでも感激が去らないままにうっとりと余韻を味わった。

由紀子が出ていくときも後悔している様子は見受けられなかったので、また必ず機会は巡ってくることだろう。

それを期待しながら身を起こし、ティッシュで股間を拭いて服を着た。

そろそろ仕事もしなければならない。

ルポの仕事は、主に都内の観光や歴史に関することが多く、真面目なものである。実際に取材に出向くこともあるが、都内だから日帰りだし、ネットでも大体の情報は得られるから楽だった。

とにかく急ぎでもあるので、治郎は由紀子の面影を振り払うように、ノートパソコンに向かった。

いったん集中すると筆が進んだ。何しろ午前中は美少女の摩紀の匂いを嗅ぎながら抜き、午後はその母親と濃厚なセックスをし、さらに指で出してもらったから肉体はすっきりしていた。

そして夜まで仕事をして、由紀子が持って来てくれた食材で夕食を済ませ、また眠くなるまで仕事にかかり、ようやく完成させて寝たのだった。

翌朝、朝食とシャワーを終えて洗濯し、原稿を見直して送信した。

一段落すると、次の仕事の準備だけして外に出た。銀行と本屋とコンビニに寄って帰宅し、昼食を済ませ、少し昼寝した。

するとドアがノックされた。

起きて、出てみると、何と摩紀だった。

「もう大丈夫なの？」

「ええ、今日は朝から学校へ行って、講義を終えて帰ってきたの」

訊くと、すっかり顔色も良くなった摩紀が答えた。まだ、家には帰宅していないようで、どうやら摩紀は由紀子に内緒でここへ寄ったらしい。

「上がってもいい？」

摩紀は言い、自分でドアを内側からロックして上がり込んできた。

「お仕事中？」

「いや、済んだばかりなので構わないよ」

彼女に椅子をすすめ、彼は布団に座って言った。摩紀は、初めて入った彼の部屋を物珍しげに見回していた。

治郎も、美少女の来訪に股間が熱くなってしまった。何しろ今日はまだ抜いていないのだ。

摩紀も、昨日ここで自分の母親が治郎とセックスしたなど夢にも思わないだろう。

「ちゃんとお礼を言っていなかったから」

「ううん、いいんだよ。熱があったんだから仕方ないし、ママからうんと食材を頂いてしまったからね」

治郎が答えると、摩紀はつぶらな目でじっと彼を見つめ、水蜜桃のような頬を上気させながらモジモジと口を開いた。

「寝ていた時のこと、あんまり覚えていないのだけど、すごく気持ち良かったの」

「そう……」

「月岡さん、私を着替えさせたとき触った？」

摩紀が言う。どうやら着替えさせてもらったことは辛うじて覚えており、トイレでキスしながらオシッコしたことなどは忘れているようだった。

「うん、あんまり可愛かったから、少しだけ舐めちゃった」

「アソコを？　わあ、恥ずかしいわ……」

彼が答えると、摩紀が真っ赤になって両膝を搔き合わせた。

やはり由紀子とは違う、初々しく甘ったるい匂いが漂い、羞恥以上に快感への好奇心を湧かせているようだ。

「またしてもいい？」

「うん……、恥ずかしいけど、あの時の気持ちになってみたいわ……」

摩紀が言うので、治郎も完全に淫らなスイッチが入って激しく勃起してきた。

「じゃ脱いで、全部」

「私だけじゃ恥ずかしいから、月岡さんも……」

てくれた。

「うん、じゃ一緒に脱いじゃおう」

彼が言って服を脱ぎはじめると、摩紀もノロノロとブラウスのボタンを外しはじめてくれた。

治郎は先に全裸になって布団に横たわり、摩紀も背を向け、もうためらいなく全て脱ぎ去っていった。そして処女の裸体を露わにすると向き直り、胸を隠しながら座ってきた。

「ここを跨いで座って」

下腹を指して言うと、摩紀はチラと勃起したペニスを見て、すぐ目をそらした。

「座るの……？」

「うん、もう元気になったんだから、今度は摩紀ちゃんが上」

ためらう摩紀の手を握って引っ張ると、彼女も身を縮めながらそろそろと彼の腹に跨がり、そっと座り込んでくれた。

「ああ、変な気持ち……」

股間を密着させると、摩紀が喘ぎ、治郎も下腹に感じる湿った割れ目を味わった。

「じゃ足を伸ばして、僕の顔に乗せてね」

「そんな、重いわ。大丈夫なの……？」

「うん、身体中で感じたいから」

彼は言い、摩紀の足首を摑んで顔に引き寄せた。

「あん……」

摩紀も声を洩らし、バランスを取るように腰をくねらせながら両脚を伸ばし、彼が立てた両膝に寄りかかった。

治郎は顔に両足の裏を感じ、美少女の全体重を受けながら陶然となった。

下腹に密着する割れ目の息づきと、徐々に熱い湿り気を増していく様子が伝わってきた。

彼は足裏に舌を這わせ、縮こまった指の間に鼻を押し付けて嗅いだ。

さすがに昨夜は入浴したようだが、今日は朝から動き回っていたから、先日ほどではないが汗と脂の湿り気があり、蒸れた匂いが鼻腔を刺激してきた。

嗅ぐたびにペニスが興奮に上下し、座っている彼女の腰をノックした。

そして充分に左右の足指の匂いを嗅いでから爪先にしゃぶり付き、順々に指の股にヌルッと舌を割り込ませて味わうと、

「あう……、くすぐったいわ。汚いのに、いいの……？」

摩紀が、また熱に浮かされたように朦朧となって言い、感じるたびにビクッと身じ

ろぎ、下腹に濡れはじめた割れ目が擦り付けられた。

やがて両足ともしゃぶり尽くすと、治郎は彼女の両手を握って引っ張った。

「顔に跨がって」

「ああ、そんなこと出来ない……」

摩紀は尻込みしながらも、引っ張られるまま彼の上を前進し、とうとう顔の左右に両足を置くと、和式トイレスタイルでしゃがみ込んできた。

脚がM字になり、脹ら脛と太腿がムッチリと張り詰め、ぷっくりと丸みを帯びた割れ目が鼻先に迫った。

はみ出した陰唇はネットリと清らかな蜜にまみれ、指で広げると処女の膣口は襞を震わせて、さらにヌメヌメと妖しく潤っていた。

光沢あるクリトリスもツンと突き立ち、股間から発する熱気と湿り気に包まれながら、彼は腰を抱き寄せて顔を押し付けた。

柔らかな若草に鼻を擦りつけて嗅ぐと、汗とオシッコの匂いに淡いチーズ臭が混じり、可愛らしく鼻腔を刺激してきた。

処女の匂いに酔いしれながら舌を挿し入れると、淡い酸味のヌメリが迎え、彼はクチュクチュと膣口の襞を掻き回し、クリトリスまで舐め上げていった。

「アアッ……、いい気持ち……！」

摩紀が熱く喘ぎ、思わずギュッと座り込みそうになりながら、懸命に彼の顔の左右で両足を踏ん張った。

きっと、微熱で寝ていたときに得た感触を思い出したのだろう。

治郎はチロチロと舌先で弾くようにクリトリスを舐め回し、さらに量を増した愛液をすすった。

そして白く丸い尻の真下に潜り込み、顔中に張りのある双丘を受け止めながら、谷間の蕾に鼻を埋めて嗅いだ。

蒸れた汗の匂いに、うっすらと秘めやかな微香が混じり、悩ましく鼻腔を刺激してきた。治郎は胸を満たしてから、舌を這わせて襞を濡らし、ヌルッと潜り込ませて滑らかな粘膜を探った。

「あう、ダメ……」

摩紀が驚いたように呻き、キュッときつく肛門で舌先を締め付けた。

治郎は内部で舌を蠢かせてから、再び割れ目に戻り、大量に溢れはじめた蜜を舐め取り、チュッとクリトリスに吸い付いた。

「アア……」

摩紀は喘ぎ、しゃがみ込んでいられずに両膝を突いた。

「ね、オシッコして。少しでもいいから」

治郎は割れ目に顔を埋めながら言った。

摩紀はビクリと反応したが、拒むことすら思いつかないように朦朧となり、無意識に尿意を高めてくれたようだ。

すると内部の柔肉が蠢き、ポタポタと熱い雫が滴《したた》り、チョロッと漏れてきた。

「あう……」

摩紀は呻き、それでもほんの一瞬だけで、あまり溜まっていなかったのか流れは治まってしまった。治郎は淡い味と匂いを嚙み締め、口に飛び込んだ分を飲み込み、甘美な悦びで胸を満たした。

少量だったからこぼさずに済み、仰向けでも噎せることはなかった。

治郎は余りの雫をすすり、残り香に酔いしれた。そして執拗にクリトリスを愛撫しては、泉のようにトロトロ溢れる愛液をすすった。

さらに処女の膣口に指を当て、愛液のヌメリに任せてそろそろと潜り込ませ、熱く濡れた内壁を擦った。

すると摩紀は上体を起こしていられず、彼の顔に突っ伏して亀の子のように両手両足を縮めてしまったのだった。

5

「も、もうダメ……、変になりそうよ、やめて……」

摩紀が腰をくねらせて言い、懸命に治郎の顔から股間を引き離してきた。

彼も指を引き抜き、舌を引っ込めてやった。そして摩紀を添い寝させ、手を握ってペニスに導いた。

「いじって……」

囁くと、摩紀もやんわりと手のひらに包み込み、様子を探るようにニギニギと動かしてくれた。ほんのり汗ばんで生温かな手のひらが心地よく、ペニスはヒクヒクと震えた。

「動いてるわ……」

「顔を寄せて、うんと可愛がって……」

言いながら摩紀の顔を下方へ押しやると、彼女も素直に移動してくれた。

大股開きになると、摩紀は真ん中に腹這い、股間に顔を寄せてきた。

治郎は、処女の熱い視線と息を感じ、ゾクゾクと興奮を高めていった。

彼女も羞恥など吹き飛ばし、好奇心を前面に出したようにペニスを見つめ、指を這わせてきた。

「変な形……」

呟きながら勃起した幹をそっと撫で、張り詰めた亀頭にも触れ、陰嚢も無邪気にいじった。

二つの睾丸を確認し、袋をつまみ上げて肛門の方まで覗き込むと、再び幹を握って動かした。

「痛くない？」

「うん、気持ちいい。ね、お口でして」

幹を震わせながら言うと、摩紀も厭《いと》わず顔を寄せてきた。

舌を伸ばして肉棒の裏側を舐め上げ、粘液の滲む尿道口をチロチロと舐めると、別に不味《まず》くなかったか、張り詰めた亀頭にもしゃぶり付いた。

「ああ、気持ちいいよ。お口の中に深く入れて……」

言うと、摩紀も小さな口を精一杯丸く開いて亀頭を含み、そのままモグモグと根元まで呑み込んでいった。美少女の口腔は熱く濡れ、無垢な唇が幹を丸く締め付けて吸い、熱い鼻息が恥毛をくすぐった。

口の中ではクチュクチュと舌が滑らかに蠢き、たちまちペニスは生温かな唾液に浸った。

「ああ……」

治郎は快感に喘ぎながら、ズンズンと股間を突き上げた。

「ンン……」

喉の奥を突かれた摩紀が呻くと、さらに多くの唾液がたっぷり溢れてペニスを浸してきた。

彼女も合わせて小刻みに顔を上下させ、スポスポと摩擦してくれたが、たまにぎこちなく当たる歯の感触も実に新鮮な刺激だった。

「い、いきそう……」

彼が絶頂を迫らせて腰をよじると、摩紀もチュパッと口を引き離してくれ、すぐに添い寝してきた。

「最後までして大丈夫かな……」

囁くと、摩紀もすっかり覚悟したように小さくこっくりして、身を投げ出していった。

最初なら、正常位の方が良いだろう。

治郎は身を起こして股を開かせ、股間を進めていった。

彼も正常位は初めてだが、幹に指を添えて唾液に濡れた先端を割れ目に押し当て、さして迷わず膣口にあてがった。

グイッと押し込むと張り詰めた亀頭が潜り込み、処女膜が丸く押し広がる感触が伝わってきた。

あとはヌメリに任せ、ヌルヌルッと根元まで挿入していくと、

「あう……！」

摩紀が眉をひそめて呻き、破瓜《はか》の痛みに身を強ばらせた。

股間を密着させ、彼は脚を伸ばして身を重ねながら処女の感触と熱いほどの温もりを味わった。

「大丈夫？」

囁くと、また彼女は小さく頷いた。

治郎はまだ動かず、屈み込んでピンクの乳首に吸い付き、顔中で柔らかな膨らみを味わいながら舌で転がした。

左右の乳首を順々に含んで舐め回したが、摩紀の全神経は股間に集中しているよう

で特に反応は無かった。

さらに彼は摩紀の腕を差し上げ、腋の下に鼻を埋めて思春期の体臭を嗅いだ。

スベスベの腋は生ぬるく湿り、何とも甘ったるい汗の匂いが悩ましく馥郁《ふくいく》と籠もっていた。

治郎は左右とも腋を嗅ぎ、肌を密着させて上からピッタリと唇を重ねていった。

柔らかな感触を味わい、舌を挿し入れて滑らかな歯並びを舐めると、摩紀も歯を開いて侵入を許してくれた。

生温かな唾液に濡れた舌を舐め回し、徐々に腰を動かしはじめると、

「ンンッ……」

摩紀が熱く呻き、反射的にチュッと強く彼の舌に吸い付いてきた。

最初は様子を探るように動いてみたが、あまりの快感に腰が止まらなくなり、治郎は次第にリズミカルに律動してしまった。

それに摩紀は由紀子に似て愛液の量がかなり多いので、すぐに動きが滑らかになっていった。

「ああ……」

摩紀が堪えきれないように口を離し、顔を仰け反らせて喘いだ。

美少女の口から洩れる息は熱く、何とも甘酸っぱい芳香を含んで彼の鼻腔を心地よく刺激してきた。

治郎は摩紀の口に鼻を押し付け、吐息と唾液の匂いを貪りながら、いつしか股間をぶつけるほどに激しく動いてしまった。

たちまち絶頂の波が襲いかかり、

「く……！」

彼は熱く呻き、大きな絶頂の快感に全身を貫かれた。同時に熱い大量のザーメンがドクンドクンと勢いよく内部にほとばしった。

「アア……、熱いわ……」

破瓜の痛みの中でも感じたのか、噴出を受け止めた摩紀が喘いだ。

治郎は心ゆくまで快感を味わい、最後の一滴まで出し尽くすと、ようやく気が済んで徐々に動きを弱めていった。

摩紀も失神したように魂を吹き飛ばし、肌の強ばりを解いてグッタリと四肢を投げ出していた。

まだ膣内は息づくような収縮を繰り返し、射精直後で過敏になったペニスがヒクヒクと跳ね上がった。そして治郎は、美少女の甘酸っぱい吐息を胸いっぱいに嗅ぎながら、うっとりと快感の余韻を嚙み締めたのだった。

（とうとう母娘の両方としてしまった……）

彼は思い、ようやく呼吸を整えると、枕元のティッシュを手にし、そろそろと身を起こして股間を引き離していった。

手早くペニスを拭ってから摩紀の股間を覗き込むと、陰唇が痛々しくめくれ、膣口から逆流するザーメンに、うっすらと鮮血が混じっていた。

しかし量は少なく、すでに止まっているようだ。

治郎はそっとティッシュを当てて拭いてやり、処理を終えるとまた添い寝した。

「大丈夫かな？」

「ええ、まだ何か入っているみたい……」

訊くと摩紀が答え、後悔している様子もないようだ。

「ママに知られないようにしてね」

「ええ、大丈夫。そんなに子供じゃないわ。もうこれで大人になったのだし……」

摩紀が言い、治郎も安心したものだった。

やはり彼女も、大学生になってまだキスも知らない無垢でいることを気にしており、早く初体験したかったのだろう。

それにしても、この数日の女性運は何としたことだろう。今まで何もなかった二十五年分の幸運が、一度に押し寄せたようだ。

「シャワー浴びるかい？」

「ううん、いつも帰宅したらすぐ浴びる習慣だから、今日だけ浴びないと変に思われるわ」

言うと、摩紀は案外しっかりして答えた。そして彼女は起き上がると身繕いをし、やがて帰っていったのだった。

第三章　未亡人とのラブホ体験

1

「あそこよ、入るわ。取材というのは隠して、カップルの感じでね」

亜矢子《あやこ》が言い、治郎も頷いて一緒にラブホテルに向かった。

編集スタッフの中田《なかだ》亜矢子は三十二歳の子持ちで、評論家だった年上の夫は昨年の秋に病死していた。

ルポライターの治郎は亜矢子にずいぶん世話になっていたが、夫の死で休職。そして不幸を乗り越え、復帰して最初の仕事がラブホテルの案内だった。

このホテルはオープンして二ヶ月だが人気があり、観光地にも近いため、夏休みなどは家族連れも利用できるようになっていた。

それで夏になる前に、潜入ということになったが、編集長には二人で行くというのは言っていなかった。

「本当はね、編集長は君にこの取材をさせようとしたのよ。君に彼女がいないのを知って意地悪しているから、私が恋人と行きますと言って仕事をもらったの」

「そうだったんですか……」

治郎は答え、あの編集長ならやりそうなことだと思った。

「もちろん私も恋人なんかいないから、君を誘ったのよ。もし恋人がいるなら止めるけど」

「あ、いませんので、このままお願いします」

「そう、でも何もしないわよ。あくまで取材だからね」

「もちろん分かってます」

治郎は言い、やがて二人で足早に中に入った。しかし周囲の目を気にすることもなく、実にトレンディなシティホテルといった装いである。

広いロビーには観葉植物やソファーが置かれ、実に明るい感じで、とてもセックスが目的な淫靡な雰囲気はなかった。

取材費も出るので、亜矢子は最上階の最も高い部屋をパネルで選んだ。

フロントで亜矢子が金を払ってキイをもらい、一緒にエレベーターで六階まで上がった。

個室に入ると実に広く、ダブルベッドにソファ、窓の向こうには露天のジャグジーがあり、昼時だから燦々《さんさん》と日が射していた。

「ふうん、雨の時は屋根が出せるのね」

亜矢子も窓からジャグジーを観察して言い、とにかく試しに入るようで、ジャグジーと室内のバスタブに湯を張った。

亜矢子はボブカットに化粧気もなく軽装で、大きなバッグを肩にかけ、いかにもフットワークの軽いジャーナリストといった感じだった。

気さくにものをはっきり言い、編集長にも食いつくバイタリティーの持ち主で、とても夫を亡くした悲哀などは感じられなかった。今回も、赤ん坊を実家に預けての仕事復帰となったのである。

しかし顔立ちは美形で、大学まで水泳をやっていたらしく、プロポーションも良く、胸も尻も魅惑的な丸みを帯びていた。

「とにかく昼食にしましょう。料理も評判だと言うから」

亜矢子はソファに座り、メニューを開いた。

治郎は初めて入ったラブホテルを観察し、ＢＧＭや大型テレビ、冷蔵庫の中などを見て回った。

「ラブホ初めてなの？」

「もちろん初めてです。だって彼女なんかいたことないんだから」

「そんなこと自慢げに言われても困るな。普通のラブホはこんな豪華じゃなくて、もっと狭くて、窓もなく閉鎖的な、エッチするためだけの個室よ」

亜矢子が言う。確かに、これだけ広ければ家族連れが使用しても快適に過ごせそうだった。

「ということは、素人童貞？」

「いえ、風俗も行ったことないので」

「まあ……、もう二十五でしょう……？」

亜矢子は目を丸くして言い、治郎も無垢のふりをしていることを後ろめたく思ったが、その方が良いことがありそうだった。

「まあいいわ。まず食事選んで。私はパスタだから、別のものを」

亜矢子が言ってメニューを差し出し、立ち上がって冷蔵庫から缶ビールを二本出してきた。

どうせ金が出るし、取材は上辺だけの楽なものだからノンビリするつもりらしい。

治郎が海老のリゾットに決めると、亜矢子はすぐ電話で注文した。

そして缶ビールで乾杯し、亜矢子はバッグからカメラを出して室内やジャグジーを撮って回った。

彼女がきびきびと動き回るたび、甘ったるい匂いが漂った。今日も朝早くから動き回り、仕事復帰に意気込んでいるのだろう。

治郎も室内を観察し、枕元に備えられたティッシュやコンドーム、自動販売機のローションやバイブなども確認した。

テレビは有料で映画も観られるし、ゲームやカラオケセットもあるので、カップルは行為が終わっても退屈せず楽しめそうだった。

やがてチャイムが鳴ったので、亜矢子がドアを開け、トレーに載せた料理を運んでくれた。

二人でビールを飲みながら食事をし、亜矢子はパスタの感想などをメモしていた。

治郎もリゾットを食べ終え、缶ビールも飲み干した。

「もう一杯飲みたいところだけど、今度は無料のコーヒーにしましょう」

亜矢子も食べ終えて言い、部屋に備え付けのコーヒーを淹れてくれた。

そして空の食器を外に出すと、亜矢子はトイレからバスタブ、クローゼットまで撮って回った。

「じゃ、お風呂入ってきなさい。よく観察して」

「はい」

言われて、治郎は脱衣所に行き、服を脱いで室内のバスルームに入った。

歯を磨きながら放尿をし、身体を洗い流してバスタブに浸かると、泡風呂や照明のスイッチを試し、さらに露天のジャグジーにも浸かってみた。

すると窓からは、亜矢子がこちらを観察していた。

治郎は湯の中で勃起しながら、本当に何もないまま仕事だけで終わるのだろうかと思った。

やがて風呂から上がって身体を拭くと、服を着てしまうかどうか迷い、結局腰にバスタオルだけ巻き、服は手に持って部屋に戻った。

「どうだった？」

「ええ、快適でした。亜矢子さんは入らないんですか」

「もちろん入るわ。でもその前に、少しだけ見せて」

亜矢子が急に熱っぽい眼差しになって言い、彼に迫ってきたのだ。

「ここに寝て。童貞の子なんて初めてよ」

彼女は布団をめくって言い、治郎をベッドに横たえると、腰のタオルを引き外したのだった。

すると、バネ仕掛けのようにぶるんと勃起したペニスが露出した。

「まあ、こんなに勃《た》って……、変なこと期待している？」

「へ、変じゃなく、正直な反応です……」

治郎が羞恥に声を震わせて答えると、亜矢子は彼の股間に屈み込んできた。

「綺麗な色だわ。ツヤツヤして光沢があって……」

呟くように言って、露出して張り詰めた亀頭にそっと触れてきた。

「ああ……」

治郎はピクンと幹を震わせて喘いだ。何しろ彼女の方は着衣のままだし、仕事と同じ眼差しで観察されるのがやけに興奮をそそった。

「可愛いわ。もし食べちゃったら、私が最初の女になるのね……」

亜矢子が、ペニスを弄《もてあそ》びながら言った。

やはり男が処女を貴重と思うように、熟女も無垢な男の最初の相手になることへの憧れがあるのかも知れない。

だから恵利香も由紀子も、彼に欲情したのではないだろうか。

「私が最初でいい？」

「え、ええ、お願いします……」

「そう、じゃ急いで洗ってくるから待っててね。ゆうべお風呂に入ったきりだから」

彼女が指を離し、すぐにも身を起こそうとするので、治郎は慌てて押しとどめた。

「ま、待って下さい。亜矢子さんはそのままでいいです」

「まあ、そんなに待てないの？」

「そうじゃなく、女性のナマの匂いを知るのが長年の憧れでしたから」

治郎は必死に食い下がった。

「だって、すっごく臭いかも知れないわよ」

日頃はクールな亜矢子が、急に女らしい羞恥を見せて言った。

美熟女から発せられた臭いという言葉に、彼は激しく興奮を高めた。

「お、お願いします。どうか今のままで」

「でも、してみてから急いで洗ってこいなんて言ったら怒るわよ」

「決して言いませんので」

「そう、分かったわ……」

亜矢子もようやく頷いてくれ、その場で服を脱ぎはじめた。

「本当は、何もしないつもりで来たのだけど、そんなに勃ってるのをみると我慢できなくなっちゃった」

彼女も、やはり長く男に触れていないので相当に欲求が溜まっているのだろう。

そしてためらいなく最後の一枚まで脱ぎ去り、ベッドに上ってきたのだった。

2

「二十五歳まで童貞ということは、してみたいことが山ほどあるんじゃない？」

「え、ええ、あります……」

「言ってみて」

亜矢子は、ベッドの端に腰を下ろしたまま治郎に訊いてきた。

「顔に、足を乗せて欲しいです……」

「まあ、マゾっ気があるの？」

言うと、亜矢子が目を丸くして言った。

「マゾというより、フェチだと思います」

「そう、それで匂いが知りたいのね。大丈夫かしら、だいぶ蒸れてるけど」

彼女は言いながらも、童貞の願いを叶《かな》えてくれるように立ち上がり、治郎の顔の横に立った。

「いいのね、本当に。嫌だったらすぐ言うのよ」

「ええ、お願いします」

治郎が答えると、亜矢子は彼の激しい勃起を確認してから、壁に手を付いて身体を支え、そろそろと片方の足を浮かせてきた。

生温かな足裏が鼻と口に乗せられ、治郎は嬉々として舌を這わせ、指の股に鼻を割り込ませて嗅いだ。そこは汗と脂にジットリ湿り、ムレムレの匂いが濃厚に沁み付いて鼻腔を刺激した。

「ああ、いい匂い……」

「いい匂いのわけないでしょう。変態ね。あん……！」

嗅ぎながら言い、爪先にしゃぶり付くと亜矢子がビクリと脚を震わせて喘いだ。

彼は順々に指の間に舌を挿し入れて味わい、やがて足を交代してもらい、味と匂いを貪り尽くした。

「ああ、変な気持ち……」

亜矢子が息を弾ませて言い、真下から見上げると、内腿の間にある割れ目の潤いがはっきり確認できた。

やがて口を離すと、治郎は亜矢子の両足首を握ると顔の左右に置いて跨がせた。

「しゃがんで」

言うと彼女も、和式トイレスタイルでゆっくりしゃがみ込んでくれた。

脚がM字になると脹ら脛が量感を増し、内腿もムッチリと張り詰め、股間が鼻先に迫ってきた。

恥毛は程よい範囲に茂り、黒々と艶があり、割れ目からはみ出す陰唇の間から、僅かに白っぽい愛液が滲んでいた。

指で広げると、膣口の襞がヌメヌメと潤って息づき、小豆大《あずきだい》のクリトリスも光沢を放ってツンと突き立っていた。そして股間全体に籠《こ》もる熱気と湿り気が、彼の顔中を包み込んだ。

腰を抱き寄せ、恥毛の丘に鼻を埋め込んで嗅ぐと、汗とオシッコの蒸れた匂いが濃厚に鼻腔を刺激してきた。

「匂う？」

「すごくいい匂い……」

「アア……、嘘……」

真下から答えると、亜矢子もすっかり興奮を高め息を弾ませて言った。

嗅ぎながら舌を挿し入れ、膣口の襞をクチュクチュ探ると、淡い酸味のヌメリですぐにも動きが滑らかになった。

クリトリスまで舐め上げていくと、

「ああ……、いい気持ち……」

亜矢子も正直に言い、喘ぎながらヒクヒクと白い下腹を波打たせた。

治郎はクリトリスに吸い付き、舌で弾くように舐め回しては、トロトロと滴る生ぬるい愛液をすすった。

さらに尻の真下に潜り込み、顔中に弾力ある双丘を受け止めながら、谷間の蕾《つぼみ》に鼻を埋めて嗅いだ。秘めやかな微香が籠もり、嗅ぐたびに鼻腔が刺激され、胸に沁み込んだそれがペニスに伝わっていった。

充分に嗅いでから舌をチロチロと這わせ、収縮する襞を濡らしてヌルッと潜り込ませた。

「あう、ダメ……」

亜矢子が呻き、キュッときつく肛門で舌先を締め付けてきた。

滑らかな粘膜は、淡く甘苦い微妙な味覚があり、彼が内部で執拗に舌を蠢かすと、割れ目からさらに新たな愛液が滴ってきた。

舌を引き離し、再びクリトリスに戻ると、

「も、もういいわ、今度は私が……」

亜矢子が言って股間を引き離し、上からのしかかって彼の乳首にチュッと吸い付いてきた。

「ああ……」

今度は治郎が受け身になって喘ぐ番だった。

亜矢子は熱い息で肌をくすぐり、チロチロと乳首を舐め、左右とも愛撫してから肌を舐め降りていった。

胸から腹にかけ、まるでナメクジでも這ったように唾液の痕が縦横に印され、思いがけない部分が感じたりし、そのたびに治郎はビクリと肌を震わせた。

亜矢子は彼を大股開きにさせて真ん中に腹這い、左右の内腿を舐め上げ、とうとう陰嚢に舌を這わせてきた。

睾丸を転がし、さらに彼の両脚を浮かせ、厭わずにチロチロと肛門を舐め回してくれた。

「自分だけ湯上がりなのね……」

亜矢子は股間から言い、さらにヌルッと肛門に舌を浅く潜り込ませた。

「あう、気持ちいい……」

治郎は妖しい快感に呻き、モグモグと美女の舌先を締め付けた。

ようやく脚が下ろされると、亜矢子は陰嚢の縫い目を舌先でたどり、いよいよ肉棒の裏側をゆっくり舐め上げてきた。

先端まで来ると粘液の滲む尿道口を舐め回し、丸く開いた口でスッポリと根元まで呑み込んでいった。

「ンン……」

先端がヌルッと喉の奥に触れると、亜矢子が小さく呻き、たっぷりと唾液を分泌させてペニスを生温かく浸してきた。

幹を口で丸く締め付けて吸い付き、熱い鼻息で恥毛をくすぐり、口の中では満遍なくクチュクチュと舌がからみついた。さらに顔を上下させ、スポスポと強烈な摩擦を繰り返したのだ。

「い、いきそう……」

治郎が急激に絶頂を迫らせて言うと、すぐに彼女もスポンと口を離した。

「入れていい？」

「ええ、上から跨いで下さい……」

言うと、亜矢子も身を起こして前進し、彼の股間に跨がってきた。

そして自ら指で陰唇を開いて先端を押し当て、息を詰めてゆっくり腰を沈み込ませていった。

たちまち彼自身は、ヌルヌルッと滑らかな肉襞の摩擦を受け、温もりと潤いに包まれながら根元まで呑み込まれた。

「アア……、いい気持ち……」

亜矢子がうっとりと喘ぎ、完全に股間を密着させて座り込んだ。

そして上体を起こしたまま脚をM字にし、スクワットするように腰を上下させはじめたのだ。

「ま、待って、すぐいったら勿体ないし、まだオッパイも吸ってないから、あ……」

「どうしたの？」

治郎が声を洩らしたので、亜矢子も動きを止めて訊いた。

「ぼ、母乳が……」

治郎は、濃く色づいた乳首から白濁の雫が滲んでいるのを見て言った。

どうやら、最初から感じていた甘ったるい匂いは、汗ではなく母乳だったようだ。

「ああ、また漏れているわ。すっかり終わったと思ったのに」

亜矢子も気づき、豊かな乳房を弾ませた。

「飲みたい……」

言うと、彼女も覆いかぶさるように身を重ね、胸を突き出してくれた。

雫を宿す乳首に吸い付き、舌を這わせると薄甘い味が感じられた。さらに吸ったがなかなか出ず、唇で乳首の芯を強く挟み付けると、ようやく生ぬるい母乳が分泌されて舌が生温かく濡れた。

「出た？」

亜矢子も、自ら膨らみを揉みながら言った。

治郎は甘ったるい匂いに包まれながら喉を潤し、あらかた飲み尽くすと、もう片方の乳首も含んで、新鮮な母乳を味わった。

「アア……、美味《おい》しくないでしょう。変な子ね……」

亜矢子は言いながら、徐々に腰を動かしはじめた。大量の愛液ですぐにも動きが滑らかになり、クチュクチュ音を立てながら、溢れた分が彼の肛門の方にまで伝い流れてきた。

治郎は母乳を吸い尽くし、さらに彼女の腋の下にも鼻を埋め、濃厚に甘ったるい汗の匂いに噎せ返りながら、下からもズンズンと股間を突き上げはじめた。

「ああ、気持ちいいわ、いきそうよ……」

亜矢子が熱く喘ぎ、上からピッタリと唇を重ね、舌をからめてきた。

治郎も生温かな唾液に濡れ、滑らかに蠢く舌を舐め回し、胸に押し付けられる巨乳を感じながら両手でしがみついた。

3

「唾を飲ませて、いっぱい……」

唇を重ねたまま囁くと、亜矢子も懸命に分泌させ、トロトロと小泡の多い唾液を注ぎ込んでくれた。

治郎は味わい、うっとりと喉を潤しながら突き上げを強めていった。

「アア、もっと強く奥まで突いて……」

亜矢子が口を離して喘ぎ、治郎も肉襞の摩擦を感じながら動き、艶めかしい未亡人の温もりと重みを受け止めて高まった。

彼女の口から吐き出される息には、本来の花粉に似た甘い匂いに混じり、先ほど食べたパスタのガーリック成分も含まれ、何とも悩ましく鼻腔を刺激してきた。

「ああ、もっと息を吐きかけて……」

「匂うでしょう。嫌じゃないの？」

せがむと、亜矢子は言いながらも彼の鼻に口を当てて熱く湿り気ある息を吐きかけてくれた。

「い、いきそう。顔中も唾でヌルヌルにして……」

絶頂を迫らせて言うと、亜矢子もこの際だから何でもしてくれるようで、顔中に舌を這わせてくれた。

舐めるというより、垂らした唾液を舌で塗り付ける感じで、たちまち顔中は生温かな唾液でヌラヌラとまみれ、彼は悩ましい匂いに昇り詰めてしまった。

「い、いく……！」

治郎は快感に悶えながら口走り、熱い大量のザーメンをドクンドクンと勢いよくほとばしらせ、柔肉の奥深くを直撃した。

「あう、出てるのね。気持ちいい……、アアーッ……！」

噴出を感じた途端、亜矢子も声を上ずらせてガクガクと狂おしく痙攣した。

オルガスムスで膣内が艶めかしい収縮を繰り返し、治郎は股間を突き上げながら心ゆくまで快感を味わい、最後の一滴まで出し尽くしていった。

すっかり満足しながら動きを弱めていくと、

「ああ……、すごい……」

亜矢子も肌の強ばりを解いて言い、グッタリと動きを止めて体重を預けてきた。

まだ膣内は名残惜しげな収縮が続き、刺激されたペニスが中でヒクヒクと過敏に震えた。

そして治郎は、亜矢子の濃厚な吐息を嗅ぎながら、うっとりと快感の余韻に浸り込んでいったのだった。

彼女は遠慮なく治郎にもたれかかり、耳元で荒い呼吸を繰り返し、やがてノロノロと身を起こして股間を引き離した。

「じゃお風呂に入ってくるわね……」

「ね、バスルームでオシッコ出る？」

「まだ何かしたいの……？　少しなら出るけど……」

亜矢子が言うので、治郎も起き上がり、一緒にベッドを降りてバスルームに移動した。

シャワーの湯で互いの全身を洗い流すと、彼は床に座って目の前に亜矢子を立たせた。そして片方の足を浮かせてバスタブのふちに乗せさせ、開いた割れ目に顔を埋め込んだ。

もう濃厚な匂いも薄れてしまったが、舐めると新たな愛液が溢れて舌の動きが滑らかになった。

「出して」

「出るかな、こんなことするの初めてよ……」

亜矢子が言い、息を詰めて下腹に力を入れてくれた。なおも舐めていると奥の柔肉が迫り出すように盛り上がり、味と温もりが変わり、いくらも待たないうちチョロチョロと熱い流れがほとばしってきた。

「あう、出る……」

彼女が短く言い、治郎も舌に受け止めて味わった。

味も匂いも淡く控えめで、抵抗なく喉を通過したが、勢いが増すと口から溢れ、肌を温かく伝い流れていった。もちろん美女のオシッコに浸されながら、ペニスはムクムクと雄々しく回復した。

「もう終わりよ……」

勢いが衰えると亜矢子が言い、ビクリと脚を震わせた。

治郎は残り香の中で余りの雫をすすり、割れ目内部を舐め回した。すると新たな愛液が溢れ、

「も、もうダメ……」

亜矢子が脚を下ろして言い、彼の顔を股間から引き離した。

「外のジャグジーへ行きましょう」

そして彼女は言い、ドアを開けて露天に行き、泡立つ丸いジャグジーに浸かった。

「まさか、こんなに色んなことさせられるなんて思わなかったわ。童貞なんて、すぐ突っ込んで終わるものでしょう」

「済みません。でも嬉しかったです」

治郎は答え、甘えるように彼女に迫り、後ろ向きになって寄りかかった。巨乳に背中を密着させると、亜矢子は手を回してペニスに触れた。

「まあ、もうこんなに勃ってる……」

亜矢子が、肩越しに熱い息で囁いた。

「もう一回射精したいの？」

「ええ、そうしないと落ち着かないから」

「私はもう充分だわ。まだ午後も仕事があるんだから。お口で良ければ」

「お願いします」

「色んなもの飲んでもらったから、じゃ今度は私が君のミルクを飲んであげるわね」

亜矢子は言い、治郎を向き直らせた。

そして湯の中で彼の腰を浮かせ、湯面からペニスを露出させ、パクッと亀頭にしゃぶり付いてくれた。

「ああ……」

治郎も丸いジャグジーのふちに両肘をかけ、股間を突き出して喘いだ。

亜矢子は湯の中で治郎の尻を支えて沈まないようにし、顔を上下させてスポスポと強烈な摩擦を開始した。

唾液に濡れた唇が幹を擦り、内部では舌が蠢き、しかも美女が夢中でおしゃぶりする様子を正面から見ながら、彼はたちまち高まっていった。

さらに彼女は巨乳の谷間にも幹を挟んでくれ、揉みながら先端をしゃぶった。

また滲んできた母乳が白っぽく湯を濁らせ、それが何とも興奮をそそり、治郎は急激に絶頂を迎えてしまった。

「い、いく……、アア……！」

二度目の快感に喘ぎ、彼はありったけのザーメンをドクンドクンと勢いよくほとばしらせた。

「ク……、ンン……」

亜矢子は噴出を受け止めて呻きながら、なおも吸引と舌の蠢き、唇の摩擦を続行してくれた。

治郎は溶けてしまいそうな快感に身悶え、心置きなく最後の一滴まで美女の口の中に出し尽くしてしまった。そして強ばりを解いて力を抜くと、ようやく彼女も愛撫を止めた。

亀頭を含んだまま口に溜まったザーメンをゴクリと飲み込むと、

「あう……」

締まる口腔の刺激に、治郎は駄目押しの快感を得て呻いた。

亜矢子も口を離し、なおも余りの雫の滲む尿道口をペロペロ舐め回してくれた。

「も、もういいです……、どうも有難うございました……」

治郎が過敏に腰をよじりながら言うと、ようやく彼女も舌を引っ込め、彼の股間を湯に沈めてくれた。

「二回目なのにいっぱい出たわね」

亜矢子が、ヌラリと淫らに舌なめずりして言った。

「で、このホテルのルポは、私が彼氏と来たことにして書くから、ギャラは私が全部頂くわよ」

「もちろんです。僕も色々体験させてもらいましたから、それで充分です」

治郎は答え、やがて二人で風呂を出たのだった。

4

「あれえ、お前もしかして月岡か？」

治郎が亜矢子と別れて帰途につき、公園を横切っているところで声をかけられた。

見ると、中学時代のいじめっ子の大久保伸也《おおくぼしんや》で、高校になってからも何かと付きまとい、治郎に自殺の決意をさせた原因の一人だった。

伸也は相変わらず横柄《おうへい》で、頭の悪そうな顔つきをしていた。

しかも伸也は、仲間三人といて、その三人が何と、先日摩紀を取り囲んでいた大学生たちではないか。

「こいつ、あの時の」

学生たちも治郎を思い出し、警戒しながら身構えた。

「何だ、知ってるのか」

「ああ、俺たちの攻撃を全てかわしやがった……」

伸也に言われ、三人が尻込みして答えた。

「そんな筈はねえ。こいつはガキの頃からただのビビリだぞ。空手部のお前らの攻撃を避けられるわけはねえ」

「そうだな。あの時は酔っていたし、変なオバサンが止めに入ったからな」

学生は言い、治郎に迫ってきた。

伸也は空手道場に通っていたという噂だったから、それでこの連中とも知り合いなのだろう。

「なあ、もう一度かわせるかどうか試すぞ」

男が言ったが、治郎は不思議に恐くも何ともなく、ただ落ち着いて立っていた。

すると男が正拳を繰り出し、治郎の鼻先でピタリと寸止めした。治郎は微動だにせず、瞬きもせずじっとしていた。

「何だ、固まってるじゃねえか」

伸也が言ったが、

「当てる気がないと分かったからだ」

治郎は笑みを浮かべて言った。

「てめえ、ナメるな！」

男は顔を真っ赤にし、今度は本気で突きかかってきた。しかし治郎は素早く動き、紙一重でかわしては相手の脇腹や鼻先に寸止めの正拳を繰り出していた。

（なんで動けるんだろう……）

治郎は自分でも怪訝に思いながら、男の攻撃をかわしては、素早い反撃を寸止めで繰り返した。すると他の二人も攻撃を仕掛けてきたが、それも悉《ことごと》く空を切らせ、治郎は寸止めの正拳や蹴りを飛ばした。

「て、てめえ……」

「もう止《よ》せ。何度も決まってるぞ。分かってるだろう？」

治郎は息も切らさずに答えると、呆然としていた伸也が前に出て渾身《こんしん》の蹴りを飛ばしてきた。

それをかわすなり治郎は伸也の腕を摑み、一本背負いで投げつけていた。

「うわ……！」

伸也は治郎の肩を中心に大きく弧を描き、思い切り地面に叩きつけられていた。

「ぐええ……」

咄嗟《とっさ》に受け身を取ったが伸也は呻き、すぐ立てずに苦悶して地を転がった。

(何だ、これは、柔道の技か……？)

治郎は自分でも分からず、とにかく残り三人に向き直ったが、すでに学生たちは戦意を喪失していた。

「大久保、今まで巻き上げた金を返してくれ。持ってるだけでいい。どうせ足りないだろうから、お前らも出せ。あとで大久保から返してもらえ。小銭は要らないから札だけでいい」

治郎が言うと、三人は顔を見合わせ、すぐに財布から札だけ出してまとめ、彼に渡してきた。

「大久保の財布からも出せ」

言うと、一人が倒れている伸也の財布から札を抜いて差し出した。全部で三万円ぐらいあるだろう。

「全然足りないが、これで勘弁してやる。以後僕に話しかけるな」

治郎は札をポケットに入れて言うと、ようやく伸也がノロノロと身を起こした。

「お、お前、この十年で何か習ってたな。高校も行かずに……」

「なに？」

伸也の言葉に、治郎は思わず聞き返した。

「高校は行っていたが、お前の方から急に近づいてこなくなったんだろう」

「そんなことはねえ。いくら探してもいねえから、お前の高校の奴に訊いたんだ。そうしたら行方不明だって言われたんだ……」

伸也は服の土を払い、まだ打った腰をさすりながら答えた。

（もしかしたら、こいつが付きまとわなくなったのではなく、僕の方が姿を消したというのか……）

治郎は思った。そういえば高校や大学の記憶が、やけに霞がかかったように朧気なものしかないのである。

とにかく伸也を含む四人は、そそくさと公園を立ち去っていった。

治郎も考え込みながら、ハイツに帰ろうと公園を出ようとした。すると、そこで女性が声をかけてきたのだ。

「技は目覚めたようだけど、記憶はまだ？」

「あ、あなたは……」

治郎は、彼女を見て目を丸くした。スーツ姿で颯爽《さつそう》たる長身の美女、年齢は、三十代か四十代か判然としない。

そう、この女性こそ、十年前に治郎が断崖から飛び降りようとしたとき救ってくれた人なのである。

「そう、瑞穂《みずほ》よ」

「ええ、瑞穂さん。お久しぶりです……」

治郎は言ったものの、懐かしさよりも、あまり記憶が甦ってこずに曖昧《あいまい》な表情を浮かべた。覚えているのは、彼女の名前と顔ぐらいのものである。

「明日の昼過ぎ、ここへ来て」

瑞穂が名刺を差し出して言った。

受け取って見ると、「青竜機関《せいりゅうきかん》　天堂《てんどう》瑞穂」とあり、都内のマンションの住所が書かれていた。

「分かりました。伺います」

言うと彼女も頷き、すぐに公園を出て停めてある車に乗って走り去っていった。

治郎はそれを見送り、ハイツへと戻った。

(もしかして、瑞穂さんが僕にとって最初の女性……？)

彼はふと思った。それで初体験の筈の恵利香の肉体に接したとき、何となく懐かしい気がしたのではないだろうか。

「今お帰り？」

と、その恵利香が両手にスーパーの袋を抱えて、ハイツの階段のところで声を掛けてきた。

今日はパートも早上がりで、買い物して帰ってきたようだ。

「あ、持ちましょう」

「お米や缶ビールなんかで重いわよ」

恵利香が言い、治郎は荷物を持ってやり外階段を上がった。

彼女がドアを開け、治郎も入って荷を置いた。

「上がって」

言われて上がり込むと、恵利香は買ってきたものを冷蔵庫にしまった。

「する気あるかしら。顔見た途端、急に催《もよお》しちゃったわ」

「ええ、もちろんです」

恵利香に言われ、治郎もすぐに淫気を催した。

瑞穂という謎の美女を置いておけば、この恵利香が最初の女性と思っているから愛着も大きかったのだ。

「汗かいてるけど構わない？」

「はい、その方がいいです」

治郎は答え、すぐにも布団の方へ行った。

彼は伸也たちと少し運動したが汗もかかず、亜矢子とラブホテルでシャワーを浴びているから清潔である。

もちろん亜矢子を相手に二回したからといって、もう充分という気にはならず、やはり男は相手が変わると淫気もリセットされるようだった。

恵利香が脱ぎはじめたので、治郎も手早く脱ぎ去り、先に人妻の体臭の沁み付いた布団に横になった。

「わあ、嬉しい。すごく勃ってるわ」

脱ぎながら恵利香が彼の股間を見て言い、自分もメガネを外し、最後の一枚を脱ぎ去って添い寝してきた。

治郎は甘えるように腕枕してもらい、ジットリ汗ばんだ彼女の腋の下に鼻を埋め込み、濃厚に甘ったるい汗の匂いを貪りながら、豊かな乳房に手を這わせた。

「アア……、あれから君のことばっかり考えてしまったわ……」

恵利香が喘ぎ、うねうねと艶めかしく悶えはじめた。

彼は腋の下の匂いを貪って充分に胸を満たしてからのしかかり、左右の乳首を交互に含んで舐め回し、顔中を柔らかな膨らみに押し付けて感触を味わった。

そして滑らかな肌を舐め降り、臍から腰、脚をたどって足裏まで辿《たど》り着いた。

指の間に鼻を押し付けて嗅ぐと、今日もムレムレの匂いが濃く沁み付き、彼は爪先をしゃぶって汗と脂の湿り気を味わった。

「あう、ダメよ、汚いのに……」

恵利香は呻き、腰をくねらせた。治郎は両足ともしゃぶり、脚の内側を舐め上げて股間に迫っていった。

割れ目からはみ出した陰唇がヌメヌメと潤いはじめているが、彼は先に恵利香の両脚を浮かせ、白く豊満な尻の谷間に鼻を埋め込んだ。

ピンクの蕾には秘めやかな匂いが蒸れて籠もり、治郎は顔中を双丘に密着させて嗅いだ。

舌を這わせて襞を濡らし、ヌルッと潜り込ませて粘膜を探ると、

「く……」

彼女が呻き、モグモグと肛門で舌を締め付けた。内部で舌を蠢かせながら見ると、割れ目からはさらにヌラヌラと大量の愛液が漏れてきた。

治郎は舌を引き離し、彼女の脚を下ろして割れ目に顔を埋め込んでいった。

柔らかな茂みに鼻を擦りつけて嗅ぐと、甘ったるく蒸れた汗の匂いに混じり、悩ましき残尿臭も混じって鼻腔を刺激してきた。

彼は胸をいっぱいに人妻の匂いで満たしながら、舌を挿し入れて淡い酸味のヌメリを掻き回していった。

5

「お、お願い、私にも舐めさせて……」

恵利香が息を弾ませて言い、治郎の下半身を引き寄せた。

彼も割れ目に顔を埋め込みながら身を反転させ、仰向けの彼女の顔に跨がって股間を迫らせていった。

すると恵利香は、すぐにもパクッと亀頭を含み、根元まで呑み込みながら舌をからませてきた。

治郎はシックスナインの体勢で匂いを貪り、クリトリスを舐めながら恵利香の吸引と舌の蠢きにヒクヒクと幹を震わせた。

「ンンッ……！」

感じるたび、恵利香が呻いて熱い鼻息で陰嚢をくすぐりながら、反射的にチュッと強く亀頭に吸い付いてきた。

もっとも肝心な部分を舐め合っているが、やはり高まりが増していくと、気が散って愛撫に集中できなくなってきた。

すると恵利香もスポンと口を離し、

「入れて……」

すぐにも挿入をせがんできたのだった。治郎も彼女の股間から顔を上げ、身を起こして向き直った。

「最初は後ろから入れてみて。色んな体位を体験した方がいいわ」

恵利香がうつ伏せになって言い、四つん這いから尻を突き出してきた。

彼は膝を突いて股間を進め、バックから先端を膣口に押し当て、ゆっくり挿入していった。

やはり微妙に感触が違い、急角度にそそり立ったペニスはヌルヌルッと肉襞の摩擦を受け、滑らかに根元まで嵌まり込んだ。

「アアッ……、いい……！」

恵利香が白い背中を反らせ、キュッと締め付けて喘いだ。

治郎も深々と押し込み、股間に当たって弾む尻の感触に酔いしれた。

何度か腰を前後させ、摩擦快感を味わってから背に覆いかぶさり、両脇から回した手でたわわに揺れる乳房を揉みしだいた。

さらに前後運動をして尻の感触に高まってきたが、やはり顔が見えず、唾液や吐息が味わえないのが物足りなかった。

身を起こしてヌルッと引き抜くと、

「じゃ、松葉くずしよ。横から入れて……」

恵利香が、すっかり上気した顔で言い、横向きになって上の脚を真上に持ち上げてきた。

治郎も、彼女の下の内腿に跨がり、再びヌルヌルッと根元まで挿入してから、上に差し上げられた脚に両手でしがみついた。

これも不思議な快感で、互いの股間が交差しているので、局部のみならず内腿同士の密着感も高まった。

「あう、いい気持ち……、強く擦って……」

恵利香が言い、腰をくねらせながら内部を収縮させた。

そして上になった脚を下ろして仰向けになると、治郎も片方の脚を移動させ、正常位になった。

「いいわ、重なって。抱き締めたいの……」

彼女が言い、治郎も両脚を伸ばして身を重ねていった。

両手で抱きすくめられると、胸の下で豊かな乳房が押し潰れて心地よく弾み、恥毛が擦れ合った。

待ちきれないようにズンズンと腰が突き上がってきたので、合わせるように治郎も動き、上からピッタリと唇を重ねていった。

「ンン……」

恵利香もうっとりと鼻を鳴らし、滑らかに舌をからめてきた。

治郎は生温かな唾液に濡れて蠢く舌を味わい、動きを速めていった。

大量の愛液が律動を滑らかにさせ、クチュクチュと淫らな摩擦音が響き、揺れてぶつかる陰嚢もネットリと濡れた。

「アア……、い、いきそうよ。もっと強く奥まで……」

恵利香が口を離し、顔を仰け反らせて喘ぎ、膣内の収縮をキュッキュッと活発にさせていった。

口から吐き出される息は熱く湿り、花粉のような甘い匂いが濃厚に含まれて鼻腔を刺激してきた。

治郎は彼女の開いた口に鼻を押し込み、悩ましい匂いを貪りながら、いつしか股間をぶつけるように激しく動きはじめていた。

さらに鼻を擦りつけると、ヌラヌラとした唾液の匂いも混じり、治郎は急激に絶頂を迫らせた。

まだ勿体ないのでセーブしようとしても、あまりの快感に腰が止まらなくなり、彼は勢いを付けて突きまくった。

すると先に、恵利香の方がオルガスムスに達してしまったのである。

「い、いっちゃう、気持ちいいわ……、ああーッ……！」

声を上ずらせ、彼を乗せたまま恵利香はガクガクと狂おしく腰を跳ね上げた。

同時に膣内の収縮も最高潮になり、その快楽の渦に巻き込まれるように、続いて治郎も絶頂に達してしまった。

「く……！」

彼は大きな快感に呻き、ありったけの熱いザーメンをドクンドクンと勢いよく柔肉の奥にほとばしらせた。

「あう、熱いわ、感じる……！」

噴出を受け止めた恵利香は、駄目押しの快感を得たように呻き、収縮を強めて悶え続けた。

治郎は心ゆくまで快感を嚙み締め、最後の一滴まで出し尽くし、満足しながら徐々に動きを弱めていった。

「ああ、良かった……、上手よ、すごく……」

恵利香も満足げに肌の強ばりを解いて身を投げ出し、荒い息遣いで言った。

完全に動きを止めてもたれかかると、まだ膣内は嚥下するように収縮を繰り返し、ペニスがヒクヒクと過敏に震えた。

そして治郎は、恵利香の喘ぐ口に鼻を押し込み、悩ましい刺激の吐息を胸いっぱいに嗅ぎながら、うっとりと快感の余韻を味わったのだった。

「こんなに、とことんいったのは初めてかも……」

恵利香が、かすれた声で囁いた。

「上と下で家が近すぎるから、何度も求められたら困るなって思っていたのに、私の方が我慢できなくなっているわ……」

彼女は言い、ようやく治郎もそろそろと身を起こして股間を引き離した。

ティッシュで手早くペニスを拭い、割れ目を拭いてやろうとすると、

「いいのよ、そんなことしなくて……」

恵利香は言ってティッシュを受け取り、自分で処理をした。

もう起き上がる力も抜けてしまい、前のように口でペニスを浄《きよ》める元気もないようだった。

「じゃ、僕行きますね」

治郎も呼吸を整えて言い、先に身繕いをした。恵利香は、まだ全裸で横になったまま余韻に浸っているようだ。

やがて彼は恵利香の部屋を出て、誰にも見られていないか注意しながら階段を下りて、階下の自室に戻ったのだった。

そしてシャワーを浴び、冷凍食品で夕食を終えると、机に向かって途中になっていた原稿を進めた。

しかし、ふと我に返ると、瑞穂のことが頭に浮かんでしまった。

（あれから、どうしたんだっけ……）

十五歳の時、岸壁で自殺しようとしたのを瑞穂に助けられ、彼女の車でどこかへ運ばれたのだが、どうにもよく思い出せなかった。

伸也が、どこを探しても治郎がいなかったという言葉も気になっていた。

高校や大学へ普通に行っていたと思い込んでいたが、それは本当のことなのだろうかと思った。

（まあ、明日彼女に会えば全て分かるだろう……）

治郎は思い、気を取り直して眠くなるまでルポを書き、やがて途中で眠りに就いたのだった……。


――翌朝、治郎は起きて朝食を済ませると、また原稿に向かい昼までに仕上げて送信した。そして昼食を済ませると、シャワーを浴びて歯を磨き、洗濯済みの下着を身に着けてハイツを出た。

電車を乗り継ぎ、瑞穂から渡された名刺の住所にある豪華なマンションを訪ねた。

入り口で部屋番号のボタンを押すと、すぐに瑞穂の応答があってオートロックのドアが開き、マンション内に入った。そしてエレベーターで八階まで上がった。

廊下を歩くと、『青竜機関』というプレートのあるドアが見つかり、チャイムを鳴らすと瑞穂がドアを開けてくれた。

「どうぞ。待っていたわ」

白のブラウスに黒いタイトスカートという、女教師のような雰囲気の瑞穂が迎えてくれ、治郎は室内に入った。

中はオフィスのようで、いくつかのスチールデスクや書類棚が並んでいるが、他には誰もいなかった。

「こっちよ」

言われて階段を上がると、メゾネットタイプで、上階が住まいになっているようで治郎は何となく、ベッドやソファの並びに記憶があったのだった。

第四章　過去の艶めかしき秘密

1

「何も思い出せない？」

瑞穂が、妖しい切れ長の眼差しで治郎を見つめながら言った。

「ええ、瑞穂さんの名前と顔、この部屋には何となく記憶があるんですけど、それ以外は全く……」

「そう、そろそろ術が解ける頃だけど、私から説明した方が良さそうだわ」

「術……？」

「君の記憶を操作した術よ」

瑞穂はソファにもたれかかり、脚を組んで言った。

治郎も向かいに座り、颯爽たる美女を前にしながら、奥のベッドが気になって股間がムズムズしてきてしまった。

「でも、攻撃されると自然に身体が動くようになっているようね」

「ええ、そのこともいろいろ訊きたいのですけど……」

「じゃ、最初から話すわね。十年前、治郎は岸壁にいて、飛び込もうとしていた」

そう、死ぬ気になっていたところへ瑞穂が現れ、彼を思いとどまらせ、車に乗せて移動したのである。

「まず、ここへ連れてきたわ。そして十年間、私の所属する極秘の機関で特殊訓練を受けさせ、徹底的に体術と学問を身に付けた。高校や大学に行ったという記憶は、私が植え付けたもので、実際には行っていないわ」

瑞穂が言う。

やはり、高校大学の記憶があまりに曖昧だったのは、そのせいだったのだろう。

「助けてもらったとき、瑞穂さんは僕に、『さすがに月岡の末裔』というようなことを言っていたけど……」

「ええ、探していたの」

「僕のことを？」

「そう、私の天堂家と、治郎の月岡家は、五百年以上も前から共に働く素破《すっぱ》の血筋なのよ」

「ご、五百年……、素破って、忍者のこと……？」

「ええ、敵地に忍び込んで暗殺をしたり、淫らな術で敵を陥落させる。特に月岡家は淫法の術に長《た》けていた家系」

「に、忍法じゃなく淫法……」

「ええ、性欲が異常に強く、回復力も優れていて、女をその気にさせるフェロモンを発しているの。自分でも思い当たるでしょう」

言われて、確かに由紀子と摩紀の母娘、恵利香や亜矢子が簡単に身体を開いたのはそんな能力のせいだったのだ。

「もちろん淫法以外のことも、遺伝子に残る素質で、十年間の特殊訓練でも優秀だったわよ。しかも無駄な筋肉は付けず、小柄で華奢《きゃしゃ》な肉体のまま強くなっていった。今は柔道に剣道に空手や合気道、全ての武道で五段に匹敵する力があるわ」

「そ、そんなことに……。その特殊訓練って？」

治郎は訊きながら、数々の苦難の訓練が頭に甦ってきた。

「自衛隊の特殊部隊。うちの機関はバックに国家がついているから。そして治郎は、自衛官の階級で言うと二等陸尉並」

「二尉って、陸軍中尉……」

「二尉じゃなく、正式な自衛官ではないから二尉並」

幕末に、土方歳三が陸軍奉行並、といわれていたから、その流れのようだ。

「とにかく私たち素破は、関ヶ原の戦いで家康についた。明治維新からは国家について、また今後、日本を二分するような内乱があったときのため養われているの。ほんの少数だけれど」

してみると、この瑞穂が何歳なのか分からないが、治郎以上に教養と体術を身に付けているのだろう。

「だんだん思い出してきました……。訓練のことや、色んな手ほどきを……」

「ええ、私が植え付けた架空の記憶がとけてきたのでしょう」

「これから僕は……」

「指令が来るまでは、今まで通り平凡なライターとして過ごしていていいわ。そして少しでも多くの女を抱いて、君の武器である淫法を研ぎ澄ますことね。これをあげるわ」

瑞穂は言い、一枚の青いカードを渡してくれた。

「これは？」

「それは万能カード。あらゆる交通機関も買い物も銀行の出金も、それ一枚あれば何でも無料で出来るわ。暗証番号は、治郎の誕生日の０３０４」

瑞穂は言い、茶を淹れに席を立った。

彼は、受け取ったカードを財布にしまった。

そして高校や大学に行っていたという偽《いつわ》りの記憶から完全に覚め、本当の記憶が全て甦っていた――。

（そう、あの時……）

治郎は、最初に瑞穂に会ったとき、彼女の車でこの部屋へ連れてこられ、まず初体験をしたのである。

「脱いで。全部。まず生きていて良かったと実感させてあげるから」

あの時、瑞穂は艶《なま》めかしい眼差しで言い、自分から脱ぎはじめたのだ。

治郎も戸惑いながら脱ぎ、ピンピンに勃起したペニスを露わにした。

何しろ海に飛び込もうとする直前にも、童貞のまま死ぬというのが何より心残りだったのである。

全裸になった治郎はベッドに横たえられ、やはり一糸まとわぬ姿になった瑞穂が添い寝し、見事に張りのある巨乳を密着させながら、ピッタリと唇を重ねてきたのだ。

そう、これが十五歳、高校一年生の治郎にとってファーストキスであり、最初の女性は恵利香ではなかったのだ。

瑞穂は、治郎の口にヌルッと長い舌を潜り込ませ、舌をからめながら彼の手を握って巨乳に導いた。彼も、柔らかく張りのある膨らみに触れながら、生温かな唾液に濡れた超美女の舌を舐め回し、薔薇《ばら》のようにかぐわしく熱い息を嗅ぎながら激しく興奮を高めた。

「ンン……」

すると瑞穂が、熱く鼻を鳴らしながら彼の股間に手を這わせてきたのである。

瑞穂は舌をからめながら、微妙なタッチで亀頭に触れ、手のひらに包み込んでニギニギと動かした。

生まれて初めて他人に愛撫され、治郎は急激に絶頂を迫らせた。

慣れた自分の指と違い、意思に反して蠢《うごめ》く指が何とも新鮮で、時に予想もつかない動きになったり、あるいは感じる部分を新たに発見したりした。

「い、いきそう……」

治郎は口を離し、情けない声を出した。

「いいわ、一回出して落ち着きなさい」

瑞穂が言い、治郎を仰向けにさせて顔を移動させていった。そして彼を大股開きにさせて真ん中に腹這い、顔を寄せると長い黒髪がサラリと股間を覆い、内部に熱い息が籠もった。

そして彼女が舌を伸ばし、粘液の滲む尿道口をチロチロと舐め、そのままスッポリと根元まで呑み込んできたのだ。

「ああ……」

治郎は夢のような快感に熱く喘ぎ、超美女の口の中でヒクヒクと幹を震わせた。

思いもかけず出会った美女と憧れのファーストキスをして、さらに夢のまた夢だったフェラチオまでされているのだ。

このまま口に出して良いのだろうか。

迷う間にも、瑞穂は幹を口で丸く締め付けて吸い、熱い鼻息で恥毛をそよがせながら、口の中ではクチュクチュと舌をからみつかせてきた。たちまちペニス全体は生温かな唾液にまみれていった。

さらに彼女は小刻みに顔を上下させ、濡れた口でスポスポと強烈な摩擦を繰り返しはじめたのだ。あまりの快感に、じっくり味わう余裕もなく、すぐにも治郎は絶頂に達してしまった。

「い、いく……、アアッ……！」

彼は大きな絶頂の快感に全身を貫かれて喘ぎ、熱い大量のザーメンをドクンドクンと勢いよくほとばしらせ、瑞穂の喉の奥を直撃した。

「ク……、ンン……」

噴出を受け止めた彼女は小さく呻きながらも、なおも摩擦と吸引、舌の蠢きを続行してくれた。

美女の口の中に思い切り射精するのは、快感以上に美を汚すような妖しい興奮もプラスされ、治郎は身悶えながら最後の一滴まで出し尽くしてしまった。

「アア……」

声を洩らし、精根尽き果てたように身を投げ出すと、ようやく瑞穂も吸引と摩擦を止め、亀頭を含んだまま口に溜まった大量のザーメンをゴクリと一息に飲み干してくれたのだった。

「あう……」

喉が鳴ると同時に口腔がキュッと締まり、彼は駄目押しの快感に呻いた。

高校一年生で、これほどの美女にザーメンを飲んでもらうなど、クラスのどんな美少年でもまだ未経験だろうと思った。

そして自分の生きた精子が、超美女の胃から吸収されて栄養にされてしまうことがこの上ない幸せに思えた。

瑞穂も口を離し、なおもニギニギと幹をしごいて余りを絞り出し、白濁の雫《しずく》の滲む尿道口を念入りに舐め回してくれた。

「あうう……、も、もういいです……」

治郎は過敏に幹を震わせ、腰をよじって言ったのだった。

2

「じゃ、回復する間に私を好きなようにして」

瑞穂が言って仰向けになり、身を投げ出してきた。

治郎もまだ恍惚《こうこつ》の余韻から覚めず、激しい動悸も治まらないうち彼女の柔肌にのしかかり、巨乳に顔を埋め込んでいった。

乳首に吸い付いて舌で転がし、顔中を膨らみに押し付けて張りと弾力を味わった。

「ああ、いい気持ちよ。必ず両方味わって……」

瑞穂が熱く喘いで言い、彼の髪を撫でてくれた。

治郎はもう片方の乳首も含んで舐め回し、充分に味わってから、さらに瑞穂の腋《わき》の下にも鼻を埋め込んでいった。

スベスベの腋は生ぬるくジットリ湿り、甘ったるい汗の匂いが濃厚に沁み付いて鼻腔を刺激してきた。

（これが、美女の匂い……）

治郎はそう思い、胸を満たしながら舌を這わせるうち、ペニスは萎《な》える間もなくムクムクと最大限に回復していった。

さらに白く滑らかな肌を舐め降りていった。

形良い臍《へそ》を舐め、張りのある腹部に顔を押し付けると心地よい弾力が感じられた。

股間に向かいたいが、せっかく射精したばかりなので、そこは最後に取っておき、彼は丸みを帯びた腰からムッチリした太腿を舐め降りていった。

スラリとした脚はムダ毛もなく、どこもスベスベだった。

「あ、足の裏を舐めてもいい？」

「いちいち言わなくていいわ。何でも好きなようにしなさい」

勇気を出して言うと瑞穂が答え、治郎は安心して美女の足裏に迫り、踵から土踏まずを舐め回した。

形良く揃った指の間に鼻を押し付けて嗅ぐと、やはり今日はさんざん治郎を探しまくって歩き回っていたのだろう。そこは生ぬるい汗と脂に湿り、蒸れた匂いが濃厚に沁み付いていた。

治郎は超美女の足の匂いを貪り、爪先にしゃぶり付いて順々に指の股に舌を割り込ませて味わった。

「あう、くすぐったいわ……」

瑞穂が呻き、彼の口の中で爪先を縮めた。

彼はもう片方の爪先もしゃぶり、味と匂いを貪り尽くしてから、股を開かせて脚の内側を舐め上げていった。

スベスベの内腿を舌でたどって股間に迫ると、顔中を熱気と湿り気が包み込んできた。しかし彼は、まず瑞穂の両脚を浮かせ、逆ハート型の尻の谷間に鼻先を迫らせていった。

「待って、肛門を舐めるならあとにして」

すると、瑞穂が言って脚を下ろしたのだ。

「あとから割れ目を舐めると、舌に付いた雑菌が、稀《まれ》に尿道炎を起こすことがあるので、順番に気をつけるのよ。覚えておきなさい」

「分かりました……」

言われて、治郎は先に割れ目に向かった。瑞穂が、前も後ろも舐められることを前提に、冷静な口調で言うことにも激しく興奮した。

「じゃ、よく見ておきなさい」

瑞穂はそう言うと、脚をM字に開き、割れ目に指を当て、自らグイッと陰唇を左右に広げて見せてくれた。

治郎は息を呑み、内部に目を凝らした。

股間の丘に茂る恥毛はふんわりと煙り、ピンクの陰唇の内部はヌメヌメと蜜に潤っていた。

「ここが膣口よ。ここにペニスを入れるの」

瑞穂が歯切れ良く言い、治郎は花弁状に襞の入り組む膣口を見た。

「尿道口は、その少し上。見えるかしら」

「ええ……」

彼が答えるとさらに瑞穂は自ら指の腹で包皮を剝き、クリッと突起を露出させた。

「これがクリトリス、最も感じるところだから、最初からあまり激しく舐めたり吸ったりしないようにね」

言われて治郎は興奮が高まり、吸い寄せられるように顔を埋め込んでいった。

柔らかな茂みに鼻を埋め込んで嗅ぐと、腋の下の匂いに似た、甘ったるい汗の匂いが蒸れて籠もっており、それに残尿臭だろうか、腋の下よりドキドキする成分が鼻腔を悩ましく刺激してきた。

胸を満たしながら舌を這わせ、陰唇の内側へ挿し入れていくと、生ぬるく淡い酸味のヌメリが迎えた。

膣口の襞をクチュクチュ掻き回し、滑らかな柔肉をたどってクリトリスまでゆっくり舐め上げていくと、

「アア……、気持ちいいわ……」

瑞穂がビクッと顔を仰け反らせて喘ぎ、内腿でキュッときつく彼の両頬を挟み付けてきた。治郎は腰を抱え込み、チロチロとクリトリスを舐めては、ヌラヌラと増してくる潤いを味わった。

「吸うときはそっと。中には噛まれるのを好む人もいるけど、若い相手ほど優しく舐めるのよ」

瑞穂が熱く息を弾ませながら説明してくれ、治郎も言われた通りソフトタッチで舌の蠢きと吸引を続けた。

「いいわ、じゃここも……」

瑞穂が言って、自ら両脚を浮かせて抱え、白く豊満な尻を突き出してきた。

治郎も割れ目から尻の谷間に移動し、キュッと閉じられた薄桃色の蕾を観察した。

単なる排泄器官なのに、それは実に可憐で美しいと思った。

鼻を埋めると、顔中に弾力ある双丘が密着し、蕾に籠もる蒸れた微香が感じられ、悩ましく鼻腔を刺激してきた。

舌を這わせ、細かに収縮する襞を濡らしてからヌルッと潜り込ませると、滑らかな粘膜に触れた。

「あう……」

瑞穂が呻き、キュッと肛門で舌先を締め付けてきた。

治郎は中で舌を蠢かせ、美女の肛門を舐めている状況に激しく燃え上がった。

彼女も肛門と連動するように、鼻先にある割れ目を収縮させ、新たな愛液を漏らしてきた。

「いいわ、入れて……」

やがて瑞穂が言って脚を下ろすと、治郎も身を起こし、股間を進めていった。

もちろんペニスは完全に元の硬さと大きさを取り戻し、さっきの射精などなかったほど待ちきれなくなっていた。

先端を押し付けると、瑞穂も僅かに腰を浮かせて位置を定め、誘導してくれた。

「そう、そこよ、来て……、アアッ……！」

ヌルヌルッと一気に根元まで挿入すると、瑞穂が身を弓なりにさせて喘ぎ、きつく締め付けた。

治郎も肉襞の摩擦と温もりに包まれ、股間を密着させて初体験の快感を味わった。

「脚を伸ばして重なって……」

言われて、彼は抜けないよう股間を押しつけ、片方ずつ脚を伸ばして身を重ねていった。

「アア、可愛い……」

瑞穂も、さっきまでの冷静さをかなぐり捨てたように声を上ずらせ、下から両手で抱き留めてくれた。

胸の下では巨乳が押し潰れて心地よく弾み、彼女の喘ぐ口から熱く湿り気ある息が洩れ、甘い刺激が鼻腔をくすぐってきた。

「突いて、腰を前後に……、そう、なるべく我慢しながら、深く何度も強く……」

瑞穂が言い、彼がぎこちなく腰を突き動かしはじめると、彼女もズンズンと下から股間を突き上げてきた。

溢れる愛液ですぐにも動きが滑らかになり、互いの動きも一致して股間をぶつけ合った。

「ああ、気持ちいいわ。いきそうよ……」

瑞穂が夢中になって腰を跳ね上げると、タイミングと角度がずれてヌルッと抜け落ちてしまった。

「あう……、待ってね、もう一度。それとも下になる？」

「うん……」

言うと、瑞穂が身を起こし、入れ替わりに彼は仰向けになった。

彼女が跨がり、再びヌルヌルッと根元まで入れると、覆いかぶさるように身を重ねてきた。

治郎も両手でしがみつき、すぐにも彼女が腰を遣いはじめた。今度は彼の背と腰が布団に固定されているので、抜ける心配もなく、次第に彼も股間を突き上げて快感に包まれていった。

「い、いく……！」

警告を発する暇もなく、彼は昇り詰めて口走り、二度目とも思えない快感を得て、ありったけのザーメンをほとばしらせてしまった。

美女の口に出すのも心地よかったが、やはり、こうして男女が一つになって快感を分かち合うのは格別だと思った。

「あ、熱いわ。もっと出して……、アアーッ……！」

噴出を感じた瑞穂も声を上げ、オルガスムスのスイッチが入ったようにガクガクと狂おしい痙攣を開始した。膣内の収縮も最高潮になり、治郎は心置きなく最後の一滴まで出し尽くした。

すっかり気が済んで突き上げを止めると、

「ああ……、良かったわ……」

瑞穂も肌の硬直を解いて囁き、満足げにグッタリともたれかかってきた。

まだ膣内は息づくような収縮が繰り返され、治郎は刺激されてヒクヒクと過敏に幹を震わせた。

そして美女の重みと温もりを受け止め、甘い刺激の吐息を嗅ぎながら、うっとりと快感の余韻に浸り込んでいったのだった……。

3

「今日は彼女の指示に従って。彼女は新條薫子《しんじょうかおるこ》さん」

瑞穂によって初体験を果たした翌日、治郎は彼女の車で自衛隊の施設に連れてゆかれ、迷彩服とヘルメットに着替えさせられた。

紹介されたのは、二十代前半の見るからに体育会系女子。ショートカットで切れ長の目が鋭く長身の女性だった。しなやかな肢体の瑞穂とは対照的に、迷彩服の上からも逞《たくま》しい筋骨が窺《うかが》えた。

あとで聞くと、薫子は防衛大学の在学中に青竜機関に引き抜かれたらしい。

そして瑞穂も迷彩服に身を包み、今度は三人でジープに乗って山中へと移動した。

そこも自衛隊の演習場らしいが、今日は誰もいないようだ。

リュックには糧食や着替えなどが詰め込まれ、さらに腰には水筒と銃剣、手には小銃も持たされた。

「実弾ではなくBB弾だから、容赦なく撃つわ。でも彼女の指示を守っていれば、無傷であの頂上まで辿り着けるから」

「あの頂上……」

治郎は、遙《はる》か彼方《かなた》にある山を見て呟いた。

「しかも、ただ歩くだけじゃなく、彼女の指示で物陰に潜んだり、匍匐《ほふく》前進することもあるから、今日中には無理だから気をしっかりね。体育は苦手だったようだけど、遺伝子には素破の素質が眠っているはずよ」

ジープを降り、三人で山に入りながら瑞穂が入った。清楚なスーツ姿と違い、迷彩服の彼女は実に凜々《りり》しく、昨夜この肉体を堪能したのだと思うと、つい治郎は股間が疼《うず》きそうになってしまった。

「じゃ彼をお願いね」

「はい、では頂上で」

瑞穂が言うと、薫子が敬礼して答えた。

すると瑞穂は、すぐにも草の中に身を潜めるなり、ザザーッと音を立てて奥へと移動していった。

「すごい……」

その素早さに薫子が見惚《みと》れて言い、瑞穂の気配が完全に消え去ると、彼女は振り返るなり治郎にきつい眼差しを向けた。

「治郎と呼ぶわ。容赦しないからそのつもりで。私は訓練に明け暮れて今日があるけど、あなたは血の中に素質があるなんてずるい。本物かどうか見極めたい」

薫子が睨み付けて言い、治郎は過酷な訓練に緊張してきた。

「ではカムフラージュして」

彼女が草をちぎり、ヘルメットのネットに挟み込んだ。

確かに自然界にヘルメットのような丸いものは存在しないから、敵から見えないように、その輪郭を隠さなければならない。

治郎もぎこちなく同じようにすると、薫子が修正し、さらに互いの顔にもフェイスペイントのドーランで迷彩を施した。

「行くわ。最初は匍匐前進。進み方は、こう」

薫子が屈み込み、八九式と呼ばれる小銃を右腰に抱え、匍匐前進の第一で左手を地に着けて進んで見せた。

さらに、第二は膝まで完全に曲げて地に着ける。第三は左肘を着け、さらに低い姿勢になって進む。第四は銃を両手に水平に構え、両肘で進む。第五は完全に腹這いになり最も低い姿勢となる。

「この五種類を覚えて。まずは第一で前進！」

薫子が言い、互いに草の中に入り、治郎も銃を腰に構え、見様見真似で左手を地に着けて進んでいった。

銃はBB弾が入ったものだから、実銃よりは軽いのだろう。それでも一メートルはあるから草の中では長くてかさばる。しかも当然ながら平坦ではなく、草や木、岩や窪《くぼ》みがあり思うように進めなかった。

土や草の香りをこんなに間近に嗅ぐのも、実に子供の頃に山で遊んだ以来だった。

「瑞穂さんは最初から撃ってはこないから、まずは自然に慣れること。正面の木まで行って待機しているから、なるべく音を立てず素早く来て」

薫子が言って、先にスムーズに進んでいってしまった。

治郎も懸命に身を屈め、草の中を進んだが、すぐにも息が切れて全身が疲労してきた。小枝が頬に刺さるし、虫や蛇がいるかも知れない。水筒の水を飲みたいが、始めたばかりで飲んだら薫子に叱られるだろう。

それでも必死に進んでいるうち、草の間から先に行く薫子の気配が分かるようになってきた。

さらに周囲を窺ったが、さすがに遠くにいる瑞穂の気配までは読めなかった。

しかし瑞穂は、当然ながらこちらを監視し、全ての動静はお見通しなのだろう。

やがて治郎も、ようやく立木のところまで移動し、待機している薫子と合流した。

「まああだわ。でも、大変なのはこれからよ」

薫子はまだ汗ばんでおらず、息も切らさずに言った。

「ええ、瑞穂さんが狙っていると思うと恐くて」

「それが分かるだけでも、少しは見込みがあるわ。さあ、これから登りに入るわ。水は飲んでもいいけど、水筒一個しかないから気をつけて。途中に湧き水はないし、次に飲めるのは頂上の休憩所だから」

「はい」

「じゃ前進」

薫子が言い、登りに入るので匍匐前進ではなく、銃を構えて低い体勢で素早く進まなければならない。

さすがに薫子の進みは早く、治郎もそれを追いながら低く進み、折れた枝を跨ぎ、岩を迂回して息を切らして前進した。

天候は薄曇りで、雨の心配はなさそうだが蒸し暑かった。

昼食は、進みながら荷に入っている固形食糧を食べた。口が渇き、どうしても水を飲んでしまった。

薫子も途中で昼食を口にし、水を飲んでいた。

だいぶ彼女も汗ばんできたようで、草に隠れても彼女の甘ったるい匂いで位置が分かるようになってきた。

（これは、やはり血に潜んでいる素質なんだろうか……）

治郎は思い、さらに前方の風景を一目で見ただけで、どのように進むのが最も楽で見つかりにくいかが自然に分かるようになった。

いつしか疲労も麻痺したように感じなくなり、それで動きが鈍ることもなく、逆に神経が研ぎ澄まされてきた。

「そろそろ撃ってくるわ。警戒して、あう！」

薫子が言うなり、彼方から発射音が聞こえ、ピシリと薫子のヘルメットにＢＢ弾が当たった。

「一回死んだわ……、口惜しい……」

薫子は言い、治郎は発射音の方に小銃を向けて目を凝らした。

さすがに瑞穂は撃ってすぐに移動したようだが、僅かな草の揺らぎを見逃さずに引き金を引くと、

「当たり！」

遙か彼方で瑞穂が言った。

「すごい……」

薫子が感嘆の声を洩らし、見直したように彼を見た。

「いいわ、じゃ散開して登るので、次の合流は中腹にあるあの木」

「はい」

答えると、すぐに薫子は先へ進んでいった。

治郎も少し離れて迂回しながら進んだ。あとは草と木の緑一色で、土は時にぬかるみ、かなり急な崖もあった。

それ以来、瑞穂の攻撃はないので、あちらも険しいルートに入ったのだろう。

治郎は薫子の気配を察知しながら進み、何度か水を飲み、次第に日も傾いてきた。

そして暗くなる頃、ようやく中腹で薫子と合流し、缶詰の五目飯で夕食にしたが、さすがに渇きで喉が痛み、完食するのも苦労した。

そこで、互いの水筒の水も空になってしまった。

「眠い？ 疲労で歩きながら眠ってしまうこともあるわ」

「眠いけど、大丈夫です」

「休んでから頂上を目指すか、早く頂上へ行って解放されるか選ぶことね」

「もうすこし行ってみて、身体と相談することにします」

「分かったわ。とにかく二人揃って頂上に着くのが決まりだから君が決めていいわ」

薫子は言い、中腹からは一緒に頂上を目指した。雲の間から月が出てきたが、森の中は漆黒の闇である。

それでも治郎は、何となく暗がりでも見ることが出来るようになっていた。

4

「大丈夫？　もう少しだから頑張って」

とうとう治郎が渇きにへたり込んでしまうと、薫子が駆け寄って囁いた。

神経は研ぎ澄まされているのだが、さすがに渇きは苦痛で、治郎もすっかり脱力感に包まれていた。

すると薫子が彼の頬に手を当てて顔を寄せ、唇を重ねてきた。そして生温かな唾液を注ぎながら、ネットリと舌をからめてくれたのだ。

治郎は、うっとりと彼女の唾液で喉を潤した。滑らかな感触とヌメリに、こんなに疲労しているのに激しく勃起してきてしまった。

薫子もまた、渇きを癒《い》やすように執拗に舌をからめた。

「あまり出ないわね……」

やがて彼女が唇を離し、甘酸っぱい匂いの息を弾ませた。まるで野生の果実のように、何とも濃厚な匂いである。

「オシッコ飲んでみる？　本当なら自分のために取っておくのだけど」

「ええ、どうか……」

囁かれ、治郎は興奮を高めながら求めた。

彼女は治郎を仰向けにさせ、ベルトを外して下着ごとズボンを下ろし、彼の顔に跨がってきた。

闇の中で、鼻に柔らかな茂みが密着し、甘ったるい濃厚な汗の匂いが鼻腔を刺激してきた。思わず割れ目内部を舐めると、滑らかな柔肉と膣口の襞、コリッとしたクリトリスに触れた。

「あう、舐めないで。出るわ……」

薫子が息を詰めて言うなり、チョロチョロと熱い流れがほとばしり、口に注がれてきた。治郎は噎《む》せないよう気をつけながら、必死に喉を潤すと、悩ましい匂いと共に甘美な悦びが胸に広がっていった。

「ああ……、人の口にするなんて初めて……」

薫子が熱く喘ぎ、勢いを付けて放尿を続けた。

治郎も渇きを癒やすため、味や匂いを堪能する余裕もなく懸命に飲み込んだ。

活動中は、体内の水分はみな汗になっており、薫子も途中一度も放尿していないから、かなり濃厚であった。それでも彼は一滴もこぼすことなく、全て飲み干してしまった。

流れが治まっても、治郎はなおも余りの雫をすすり、割れ目内部を舐め回した。

「も、もう終わりよ……」

薫子は言い、懸命に股間を引き離し、息を弾ませながら手早く身繕いをした。

「私にも飲ませて……」

そして彼女は、仰向けのまま残り香に浸っている治郎のファスナーを開け、下着の隙間から勃起したペニスを引っ張り出した。

「こんな最中に勃《た》っているなんて……、出るのはオシッコじゃなさそうね……」

薫子は言って屈み込み、幹を指で支えてヌラヌラと尿道口を舐め回し、張り詰めた亀頭にしゃぶり付いてきた。

「アア……」

治郎は快感に喘ぎ、快適に温かく濡れた口腔でヒクヒクとペニスを震わせた。

彼女は股間に熱い息を籠もらせながら舌をからめて吸い付き、顔を上下させスポスポと強烈な摩擦を繰り返した。

「い、いきそう……」

治郎は急激に高まって声を洩らした。何しろ、まだ十五歳で、昨夜瑞穂によって初体験を終えたばかりなのだから、いくらも我慢できなかった。

しかも相手は戦闘服に身を包んだ、逞しくワイルドな美女なのである。

それが愛撫ではなく、水分の補給のため貪るように吸って摩擦しているのだ。

彼もズンズンと股間を突き上げながら、たちまち昇り詰めてしまった。

「く……、気持ちいい……」

治郎が絶頂の快感に貫かれて口走り、ドクンドクンとありったけの熱いザーメンをほとばしらせると、

「ンン……」

薫子は喉の奥を直撃されて呻き、噴出を受け止めてくれた。

美女の口を汚すという禁断の快感の中、彼は腰をよじりながら、心置きなく最後の一滴まで出し尽くしてしまった。

グッタリと身を投げ出すと、薫子も吸引と摩擦を止め、亀頭を含んだまま口に溜まったザーメンをゴクリと一息に飲み干してくれた。

「あう……」

キュッと締まる口腔の刺激に、彼は駄目押しの快感を得て呻いた。

薫子もようやく口を離し、なおも幹をしごいて余りの雫の滲む尿道口を舐め回し、貪欲に吸い取ってくれた。

「も、もう……」

治郎は過敏に幹を震わせて言い、降参するように腰をくねらせた。

すると、薫子も舌を引っ込め、ヌラリと舌なめずりしながらペニスをしまい、ファスナーを上げて整えてくれた。

「濃くて美味しいわ。これですっかり元気になったみたい」

薫子は息を吐いて言い、身を起こそうとした。

「伏せて……！」

治郎は言い、咄嗟に彼女を抱き寄せた。同時に、薫子の背後にあった木の幹にピシッと弾着があった。

「ど、どうして分かったの……」

薫子が身を伏せて言ったが、治郎は伏せの姿勢のまま銃を構えて引き金を引いた。

「当たり」

彼方で瑞穂の声がし、さらに彼女は奥へ離れていった。

「す、すごい……」

薫子が感嘆し、やがて治郎も起き上がり、二人で山頂を目指して移動を開始した。

しかし途中で、彼女が足を滑らせて窪みにはまってしまった。

「う……」

薫子が苦痛に呻き、治郎が駆け寄ると、彼女は左足首を押さえていた。

「捻挫したかな。動かさない方がいいです」

治郎は言い、近くにあった枝を折り、首に巻いている迷彩のスカーフを解いて彼女の足首を手際よく固定してやった。

「く、暗い中でどうして見えるの……」

「分かりません。身体が勝手に。とにかく背負いますので」

治郎は言い、自分のリュックを胸に回し、薫子を背負って二挺の銃を抱えた。

「む、無理よ。背負って登るなんて。訓練の中止を瑞穂さんに言うわ」

「大丈夫。薫子さんの唾とオシッコで元気百倍になりましたから」

治郎は言うなり斜面を駆け上がった。

「ひい……！」

その素早さに薫子が小さく悲鳴を上げ、必死にしがみついてきた。

治郎は、肩越しに感じる彼女の甘酸っぱい吐息を嗅ぎながら、重さも疲れも吹き飛ばして進んだ。

背には迷彩服越しに彼女の胸の膨らみが心地よく密着し、腰にはコリコリする恥骨の膨らみまではっきり伝わってきた。

さっきまでは、慣れない渇きでダウンしていたが、薫子の体液もさることながら、危機に接するほど素破の血が騒ぎ、秘められた能力が十二分に発揮されるのかも知れない。

もう岩を迂回するのでなく、軽々と飛び越えると枝を摑んで跳躍し、そのたびに薫子が息を呑んで身を強ばらせていた。

途中、何度か瑞穂の銃弾が飛来してきたが、当たる前に移動していた。

瑞穂もまた素破の素質を持っているので、治郎と並行して難なく斜面を登ってきているようだ。

そして、とうとう治郎は薫子を背負ったまま頂上に到達したのである。

そこには休憩所があり、食料と水も揃い、一足先に瑞穂が来て待っていた。

「明け方に着けば褒めてやろうと思ったけど、まだ日付も変わっていないわ」

瑞穂が言い、治郎は銃を置いて薫子をシートに横たえると、すぐに瑞穂が足を診《み》てやった。

「処置も万全だわ」

「す、済みません。彼をリードしないといけなかったのに……」

瑞穂が言うと、薫子が意気消沈して言った。


――かくして、治郎の過酷な十年間に及ぶ訓練が開始されたのだが、彼はどんなフィールドに行っても最優秀の成績を残した。

治郎は、すっかり体術にも目覚め、自分の力をコントロールすることも覚え、一方で学問と武道も学び、さらに瑞穂の肉体を使い様々な愛撫、淫法を身に付けていったのである。

そして世間とは隔絶された秘密機関の施設での十年を終え、彼は瑞穂に術をかけられ、一時的に記憶を塗り替えられ、平凡な高校大学生活を終えたと思い込み、ルポライターとして生活するようになった。

治郎自身は、大学を出てすでに数年間ライターをしていたと思っていたが、実際には今年の春から、まだ二ヶ月しかライターをしていなかったのである。

そして今日、全ての記憶を取り戻したのだった。

5

「すっかり思い出したようね」

淹れた茶を飲みながら、瑞穂が治郎に言った。

「ええ、国家の危機に立ち上がる使命感も甦りました。それにしても……」

「なに？」

「僕は、すでに十五歳で初体験していたんですね。しかも、瑞穂さんがセックスの先生だったとは」

治郎は、激しく勃起しながら言った。

「そうよ。あれだけしたのに、また欲情しちゃった？」

瑞穂は、彼の淫気を見透かしたように言った。

「ええ、お願いできますか」

興奮を高めて言うと、瑞穂も立ち上がって彼をベッドに誘った。

あとは淫気が伝わり合うように、二人は無言で脱ぎはじめた。

治郎も記憶を甦らせ、これまで何度となく瑞穂の肉体を堪能してきたのを思い出したが、何やら十年ぶりに触れるような新鮮な気持ちになっていた。

やはり封印されていた十年間の記憶は、何やら夢の世界のように思え、ようやく現実に彼女を抱けるような気がしているからかも知れない。

やがて一糸まとわぬ姿になった瑞穂が、ベッドに熟れ肌を投げ出した。実に均整の取れた肢体で、息づく巨乳も形良かった。

やはり全裸になった治郎は添い寝し、豊かな膨らみに顔を埋め込んでいった。

乳首に吸い付いて舌で転がし、もう片方を揉みながら顔中で感触を味わうと、生ぬるく甘ったるい汗の匂いが心地よく漂ってきた。

仰向けになった彼女にのしかかり、左右の乳首を充分に味わってから、腋の下にも鼻を埋め込み、ジットリ湿った甘ったるい汗の匂いで鼻腔を満たした。

最近まで何度もしていたのに、彼女の体臭はやけに懐かしく、興奮と同時に安らぎも感じられた。やはり二親を失った治郎の人生において、最も身近だった瑞穂は、母であり姉であり教師であり、様々な要素を含んでいるのだろう。

彼は滑らかな肌を舌でたどり、腰から脚を舐め降りていった。

瑞穂の熟れ肌はどこもスベスベで、彼は足首まで下りて足裏を舐め、指の股に鼻を割り込ませ、汗と脂に湿ったムレムレの匂いを貪った。

素破は、敵地に潜入するときは身体の全ての匂いを消すものだが、瑞穂はごく自然なナマの匂いをさせていた。

治郎は爪先をしゃぶって全ての指の股に舌を挿し入れて味わい、両足とも味と匂いが薄れるほど貪り尽くしてしまった。

「ああ……、いい気持ちよ……」

瑞穂もビクリと反応して喘ぎ、やがて誘うように股を開いてきた。

治郎も脚の内側を舐め上げ、ムッチリと張りのある内腿を通過して股間に迫っていった。

ふっくらした丘には黒々と艶のある恥毛がふんわりと茂り、割れ目からはみ出した陰唇はヌラヌラと潤いはじめていた。

茂みに鼻を埋め、擦り付けて隅々に籠もる匂いを嗅ぐと、汗とオシッコの匂いが程よく混じり、悩ましく鼻腔を刺激してきた。

舌を挿し入れると、淡い酸味のヌメリが満ち、彼は膣口の襞を探った。

ツンと突き立ったクリトリスを舐め上げると、

「アアッ……！」

瑞穂が顔を仰け反らせて喘ぎ、内腿でキュッときつく彼の両頬を挟み付けた。

豊満な腰を抱え込んで、彼はチロチロと舌先で弾くようにクリトリスを舐めては、新たに溢れてくる生ぬるい愛液をすすった。

さらに彼女の両脚を浮かせ、白く丸い尻の谷間に鼻を埋め込み、ピンクの蕾に籠もる微香を嗅いでから舌を這わせた。

細かに収縮する襞を濡らし、ヌルッと潜り込ませると、

「あう……」

何をしても拒まず、瑞穂が呻き、キュッと肛門で舌先を締め付けてきた。

治郎は滑らかな粘膜を探り、舌を出し入れさせるように動かした。

「も、もういいわ……、今度は私にさせて……」

前も後ろも愛撫すると、瑞穂が言って身を起こしてきた。

入れ替わりに仰向けになると、彼女は大股開きにさせた治郎の股間に腹這い、顔を寄せてきた。

そして左右の内腿をキュッと嚙んでから、陰嚢にしゃぶり付いた。

「ああ……」

治郎は股間に熱い息を受けながら、舌で睾丸を転がされて喘いだ。

瑞穂は、袋全体を生温かな唾液にまみれさせると、前進して肉棒の裏側をゆっくり舐め上げた。

滑らかな舌が先端まで来ると、粘液の滲む尿道口がチロチロと舐め回され、そのまま瑞穂は丸く開いた口でスッポリと根元まで呑み込んでいった。

「ああ……、気持ちいい……」

治郎は快感にうっとりと喘ぎ、超美女の口の中で、唾液にまみれた幹をヒクヒク震わせた。

「ンン……」

瑞穂も深々と含んで小さく呻くと、幹を丸く締め付けて吸い、口の中ではクチュクチュと舌がからみつくように蠢いた。

さらに顔を小刻みに上下させ、スポスポと強烈な摩擦を開始した。治郎もズンズンと股間を突き上げ、急激に絶頂を迫らせていった。

すると彼の高まりを察したように、瑞穂がスポンと口を引き抜いて身を起こし、前進してペニスに跨がってきた。

濡れた割れ目を先端に押し付け、自ら陰唇を指で広げて位置を定めると、息を詰めてゆっくり腰を沈み込ませていった。

たちまち彼自身は、ヌルヌルッと心地よい肉襞の摩擦を受け、滑らかに根元まで呑み込まれた。

「ああ、いいわ……」

瑞穂が顔を仰け反らせて喘ぎ、味わうようにキュッキュッと締め付けながら、完全に座り込んで股間を密着させた。

そして何度かグリグリと股間を擦り付けてから身を重ねてきたので、治郎も両手で抱き留めた。

胸に巨乳が押し付けられて弾み、彼は僅かに両膝を立てて豊満な尻を支えた。

すると瑞穂が上から屈み込み、ピッタリと唇を重ねてきた。薄化粧の香りとともに柔らかな感触と唾液の湿り気が感じられ、すぐにもヌルッと長い舌が潜り込んでからみついた。

治郎も舌を蠢かせ、生温かな唾液に濡れた舌を味わい、ヌメリをすすって甘い吐息を嗅いだ。瑞穂が腰を遣いはじめたので、彼も合わせて下からズンズンと股間を突き上げた。

たちまち互いの動きがリズミカルに一致し、クチュクチュと淫らに湿った摩擦音が聞こえ、溢れた愛液が彼の陰嚢から肛門の方まで生温かく伝い流れてきた。

「ああ、いきそうよ……」

瑞穂が口を離して言い、股間をしゃくり上げるように動かした。恥毛が擦れ合い、コリコリする恥骨まで痛いほど押し付けられた。

口から吐き出される息が白粉のような甘さを含んで鼻腔を刺激し、治郎は激しく高まっていった。

「唾を飲ませて……」

囁くと、瑞穂も形良い唇をすぼめて迫り、白っぽく小泡の多い唾液をトロトロと吐き出してくれた。それを舌に受けて味わい、うっとりと喉を潤しながら彼は絶頂を迫らせた。

「い、いきそう、舐めて……」

言いながら顔を引き寄せ、瑞穂の口に鼻を擦りつけると、彼女も熱い息を弾ませながらヌラヌラと舐め回してくれた。

たちまち治郎は、美女の唾液と吐息の匂いに包まれ、昇り詰めてしまった。

「く……！」

突き上がる大きな絶頂の快感に呻き、熱い大量のザーメンをドクンドクンと勢いよく柔肉の奥にほとばしらせると、

「いく……、アアーッ……！」

瑞穂も噴出を感じた途端オルガスムスに達し、喘ぎながらガクガクと狂おしい痙攣を繰り返した。

治郎も快感を噛み締め、収縮する膣内に心置きなく最後の一滴まで出し尽くし、満足しながら徐々に突き上げを弱めていった。

「アア……」

瑞穂も声を洩らし、満足したように熟れ肌の硬直を解き、グッタリと彼にもたれかかってきた。

まだ膣内は名残惜しげな収縮が繰り返され、射精直後のペニスが刺激され、ヒクヒクと過敏に内部で跳ね上がった。

そして彼は瑞穂の温もりと重みを受け止め、熱く甘い刺激の吐息を嗅ぎながら、うっとりと快感の余韻に浸り込んでいったのだった。

「ああ、良かったわ。まだ中で硬いままね……」

瑞穂が荒い息遣いを繰り返して言い、自分も敏感にキュッキュッと締め付けた。

「それに、私以外の女性たちも多く経験したようで、前よりも、さらに上手になっているわ」

瑞穂が言う。どうやら彼女はずっと治郎の動静を監視し、誰と何をしているか全て把握しているようだった。

治郎は力を抜き、余韻の中で荒い呼吸を整えたのだった。

第五章　二人がかりで弄ばれて

1

「あ、こんにちは」

治郎がハイツに戻ったとき、ちょうど買い物を終えたらしい隣の主婦に会って挨拶をした。彼女は三十代前半で子はなく、平尾《ひらお》という姓しか知らないが、旦那は海上自衛官で海にばかり出ているという話だ。

「こんにちは」

セミロングの髪で端整な顔立ちをした彼女も、挨拶を返してきた。

前から、どこかで見た顔だなと思っていたが、ようやく治郎は思い当たった。

「あ……、もしかして、薫子さん……？」

「ふふ、やっと思い出したのね」

治郎が言うと、彼女、薫子も笑みを浮かべて答えた。

「思い出すのを待っていたのよ。さあ中へ入って」

彼女が言い、治郎も懐かしさに包まれながら上がり込んだ。

中はごく普通で、特に秘密機関の女という雰囲気はない。しかし結婚が偽装なのか実際に家庭を持ったのか分からないが、どちらにしろ治郎の隣に住んでいる以上監視の役も負っていたのだろう。

薫子と訓練したのは、最初の頃だけで、あとは男のメンバーと山に入っていたからすでに十年近く経っているが、薫子の印象は強烈だったから、懐かしさと共に彼女の匂いまで思い出していた。

「初めての訓練の時は、本当に驚いたわ。最初はひ弱な印象だったから、なおさら」

薫子も十年前を思い出し、主婦らしく買ったものを冷蔵庫にしまいながら言った。

奥には布団が敷かれ、テレビの上には端正な海上自衛官とのツーショットの写真が置かれていた。

「この人、ご主人？」

「ええ、そうよ。今は外洋に行っているわ」

薫子が答え、どうやら本当に結婚しているようだ。

「瑞穂さんとは？」

「定期的に会っているわ。でも指令が出るまでは、ここで平凡な主婦をしているの。ジムには通っているけど」

彼女が言う。

当時の、服の上からも筋骨が窺えた二十代前半とは違い、今はすっかり主婦らしい丸みを帯び、逞しかった筋肉も脂肪に覆われて実に色っぽかった。

それでも、いざとなれば覚えた技が容赦なく発揮されるのだろう。

「さあ、成長した身体を私にも見せて」

薫子が、彼を布団に誘って言い、自分から服を脱ぎはじめた。

私にも、ということは、彼が瑞穂とセックスしたことを知っているどころか、上に住む恵利香や、管理人の由紀子とその娘の摩紀としたことまで知っているのだろう。

治郎も急激に淫気を高め、手早く全裸になって布団に横たわった。枕には、薫子の汗の匂いが悩ましく沁み付き、その刺激がペニスに伝わってきた。

たちまち薫子も一糸まとわぬ姿になり、添い寝してきたので治郎も甘えるように腕枕してもらった。

「十年前は、最後までしなかったわよね」

薫子が、優しく抱いてくれながら言い、懐かしく甘ったるい汗の匂いが鼻腔をくすぐった。

「ええ、唾とオシッコを飲ませてもらっただけ」

「私も、ザーメンで喉の渇きを癒やしたわ」

治郎が答えると、薫子も熱い息で囁いた。当時のような濃厚に甘酸っぱい匂いではなく、花粉臭の刺激にほのかなオニオン臭がリアルな人妻といった趣があり、彼は激しく勃起した。

「いいわ、何でも好きなようにして」

薫子が言い、仰向けになって身を投げ出したので、治郎も彼女の腋の下に鼻を埋め込み、張りのある乳房を揉みながら甘ったるい体臭に噎せ返った。

胸を満たしてから移動し、チュッと乳首に吸い付いて舌で転がし、もう片方の乳首も指の腹でクリクリと愛撫すると、

「アア……、いい気持ち……」

薫子もうっとりと息を弾ませて喘いだ。旦那は長く留守だから、相当に欲求が溜まっているのかも知れない。

治郎は左右の乳首を順々に含んで舐め回し、張りのある膨らみに顔中を押し付けて感触を味わった。

そして健康的な小麦色の肌を舐め降り、臍を探りながら顔を押し付けると、やはり薄い脂肪に覆われた逞しい腹筋が感じられた。

腰から引き締まった太腿を舐め降り、スベスベの脛から足首までたどって足裏に回り、舌を這わせながら逞しく太い指の間に鼻を押し付けて嗅ぐと、やはりそこは汗と脂に生温かくジットリ湿り、ムレムレの匂いが濃厚に沁み付いていた。

胸いっぱいに嗅いでから爪先にしゃぶり付き、指の股に順々に舌を割り込ませていくと、

「あう……」

薫子が呻き、キュッと指先を縮めた。

彼は両足とも味と匂いが薄れるほどしゃぶり尽くすと、股を開かせて股間に顔を進めていった。

内腿を舐め上げて割れ目に迫ると、悩ましい匂いを含んだ熱気と湿り気が顔中を包み込んできた。恥毛は、あるいはジムの水泳などで手入れしているのか意外なほど薄く、はみ出す陰唇はすでにヌメヌメと大量の愛液に潤っていた。

指で広げると、膣口が襞を震わせて息づき、十年前は暗い山中でよく見えなかった尿道口まではっきり確認できた。

クリトリスも、いま見るとかなり大きめで、亀頭の形をして光沢を放っていた。

堪らずに顔を埋め込み、柔らかな茂みに鼻を擦りつけて嗅ぐと、汗とオシッコの匂いが悩ましく鼻腔を刺激してきた。

胸を満たしながら舌を挿し入れ、淡い酸味のヌメリを探りながら膣口を掻き回し、ゆっくりクリトリスまで舐め上げていった。

「アア……、気持ちいい……」

薫子が顔を仰け反らせ、ムッチリと内腿で彼の顔を挟み付けてきた。

治郎は匂いを貪りながらクリトリスに吸い付き、溢れる愛液を掬《すく》い取った。

さらに両脚を浮かせ、引き締まった尻の谷間に迫ると、ピンクの蕾《つぼみ》はレモンの先のように僅かに盛り上がり、艶めかしい形状をしていた。鼻を埋めて微香を嗅いでから舌を這わせ、ヌルッと潜り込ませると、

「あう……」

彼女が呻き、キュッと肛門で舌先を締め付けた。

治郎は滑らかな粘膜を探り、心ゆくまで感触を味わった。

「も、もういいわ。私もしゃぶりたい……」

薫子が言って身を起こしたので、彼も股間から這い出して入れ替わりに仰向けになった。

大股開きになると彼女が腹這い、顔を寄せながら治郎の両脚を浮かせ、尻の谷間から舐め回してくれたのだ。

熱い息を股間に感じながら肛門を舐められ、さらにヌルッと潜り込むと、

「く……」

彼は妖しい快感に呻き、モグモグと美女の舌先を肛門で締め付けた。

薫子が舌を蠢かすと、勃起したペニスがヒクヒクと震えて先端から粘液が滲んだ。

ようやく脚を下ろすと、彼女は陰嚢を舐め回して睾丸を転がし、前進してペニスの裏側を舐め上げてきた。

滑らかな舌が先端まで来ると、彼女は尿道口を舐め回して粘液をすすり、張り詰めた亀頭を含んでスッポリと根元まで呑み込んでくれた。

「ああ、気持ちいい……」

治郎も快感に喘ぎ、美女の口の中で幹を上下させた。薫子は熱い息で恥毛をくすぐり、吸い付きながら口の中で舌を蠢かせた。

たちまちペニス全体は生温かな唾液にまみれ、彼がズンズンと股間を突き上げると薫子も顔を上下させてスポスポと摩擦してくれた。

「い、いきそう……」

「いいわ、入れて」

彼が絶頂を迫らせて警告を発すると、薫子もスポンと口を離して言った。

「跨いで上から入れてください」

言うと彼女もすぐに前進して跨がり、唾液に濡れた先端に割れ目を押し付け、位置を定めて腰を沈めてきた。

張り詰めた亀頭が潜り込むと、あとは滑らかにヌルヌルッと根元まで嵌《は》まり込み、彼女も完全に座り込みピッタリと股間を密着させた。

「アア……、いいわ、奥まで響く……」

薫子が顔を仰け反らせて喘ぎ、彼の胸に両手を突っ張りながらグリグリと股間を擦り付けてきた。

治郎も肉襞の摩擦と温もり、大量の潤いに包まれて、快感を噛み締めた。

特に息づくような締まりが最高で、まるで歯のない口に含まれて舌鼓《したつづみ》でも打たれているようだった。

やがて彼女が身を重ねてくると、治郎も両膝を立て、下から両手でしがみついた。

そして徐々に腰を動かしはじめ、彼も股間を突き上げると、すぐにも溢れる愛液で動きが滑らかになった。

クチュクチュと淫らな摩擦音が響き、溢れたヌメリが彼の陰嚢から肛門の方にまで生温かく伝い流れてきた。

2

「もし今、ナイフで刺したら君を殺せるかしら……」

動きながら、薫子が目をキラキラさせて言った。やはり根っからの戦士で、こうした最中にも相手の隙を窺っているのかも知れない。

「身体が勝手に動いてしまうので、危険だから止めて下さい」

「そうね、もう余計なことは考えないわ」

治郎が言うと彼女も答え、本格的に快感に専念しはじめたようだ。

「ね、唾を飲ませて」

囁くと、薫子も懸命に唾液を分泌させ、形良い唇を迫らせた。

そして白っぽく小泡の多い唾液を、トロトロと吐き出してくれ、彼は舌に受けて味わいながら、うっとりと喉を潤した。

「美味しい……」

「ふふ、十年前に山で渇いていたときほど美味しくないでしょう」

薫子は囁き、そのまま上からピッタリと唇を重ねてきた。

ネットリと舌がからまり、彼も滑らかに蠢く舌を舐め回しながら、悩ましい吐息の刺激に高まり、突き上げを強めていった。

「ああ、いっちゃう……、もうダメ……」

薫子が息を詰めて言い、膣内の収縮を活発にさせた。

なおも彼が突き上げ続けると、

「アアーッ……!」

彼女が声を上げ、ガクガクと狂おしい痙攣を繰り返しはじめた。

その収縮に巻き込まれ、続いて治郎も絶頂に達し、大きな快感とともに熱いザーメンをドクンドクンと勢いよく注入した。

「あう、もっと……」

噴出を感じた薫子が駄目押しの快感を得て呻き、締め付けを強めてきた。

「く……」

治郎も快感に呻きながら、肉襞の摩擦の中で心置きなく最後の一滴まで出し尽くしていった。

すっかり満足して突き上げを弱めていくと、薫子も肌の強ばりを解いてグッタリともたれかかり、遠慮なく体重を預けながら荒い息遣いを繰り返した。

まだ膣内が名残惜しげにキュッキュッと締まり、刺激された幹がヒクヒクと過敏に反応した。

そして彼は、薫子の濃厚な吐息を間近に嗅ぎながら、うっとりと快感の余韻を味わったのだった。

「すごかったわ……、あのとき、山でもしておけば良かった……」

彼女が熱く囁き、ようやく股間を引き離した。

そしてティッシュの処理はせず、すぐに起き上がってバスルームへ行ったので、彼も従った。

シャワーの湯で互いの全身を流し、彼女も割れ目を洗った。

「ね、またオシッコしてほしい」

治郎が床に座って言うと、薫子もためらいなく立ち上がって股間を向けた。

片方の足を浮かせてバスタブのふちに乗せ、開いた股に顔を埋めると、彼女はすぐにも息を詰め、下腹に力を入れて尿意を高めてくれた。

「いい？　出るわ……」

薫子が言い、舐めている柔肉が蠢いて味と温もりが変化した。同時に、チョロチョロと熱い流れがほとばしり、治郎は口に受けて味わった。

十年前は、渇いていたから飲むのに夢中で味わう暇もなかったが、今は悩ましい味と匂いを堪能しながら喉に流し込んだ。

勢いが増すと口から溢れた分が温かく肌を伝い流れ、ペニスが小水に浸されるとムクムクと回復していった。

「ああ……」

薫子は声を洩らし、ゆるゆると放尿していたが、やがて勢いが衰えて間もなく流れは治まってしまった。

治郎は余りの雫をすすり、残り香を味わいながら割れ目内部を舐め回した。

「も、もういいわ……」

薫子が足を下ろして言い、椅子に座り込んできた。

「私にも飲ませて……」

言われて、治郎はバスタブのふちに腰を下ろして彼女の顔の前で股を開いた。

薫子が先端を舐め回し、亀頭にしゃぶりついてきた。さらに喉の奥までスッポリと呑み込み、たっぷり唾液を出しながら舌をからめ、スポスポと強烈な吸引と摩擦を開始した。

彼も激しくしゃぶる美女の顔を見ながら、急激に高まった。

「ああ、いきそう……」

治郎が喘ぐと、薫子も舌の蠢きと吸引を強めた。

たちまち彼は二度目の絶頂を迎え、快感に身悶えながら、ありったけのザーメンをドクドクと勢いよくほとばしらせてしまった。

「ンン……」

噴出を受けた薫子が呻き、第一撃をゴクリと飲み込むなり、口を離して幹をしごきながら、余りのザーメンを顔に受けた。

「ああ、男の子の匂い……」

薫子はうっとり喘ぎながら、白濁の粘液で顔中をヌルヌルにまみれながら息を弾ませた。やがて治郎は、すっかり満足しながら最後の一滴まで出し尽くし、荒い呼吸を繰り返した。

薫子はもう一度パクッと亀頭を含んで吸い付き、濡れた尿道口をヌラヌラと舐め回してくれた。

「あうう……、も、もう……」

治郎が過敏に反応しながら呻くと、ようやく薫子も口を離して息を吐き、尿道口の最後の一滴をチロリと舐めてから舌を引っ込めた。

「またしましょうね」

「ええ、隣同士なのだから」

薫子が言って治郎も答え、やがて二人でもう一度シャワーを浴びたのだった。

3

「こちらは一級先輩の、麻生咲恵《あそうさきえ》さん」

可憐な摩紀が治郎に言い、彼も十九歳になるメガネ美少女の咲恵を見て淫気を催してしまった。

今日は摩紀からメールをもらい、由紀子が不在だというので桜井家に来ていたのだ。

しかも、先輩の処女を奪って欲しいという依頼だったのである。

「実は咲恵さんはまだ体験がなくて、私が話したらしてみたいと言うので」

部屋に入ると、摩紀が説明した。

確かに咲恵は、長い黒髪にメガネで、いかにも図書委員といった感じの大人しげな子である。

治郎も、ここのところ人妻や熟女ばかり相手にしてきたので、新鮮な処女に興奮と期待が湧いた。しかも可憐な摩紀も一緒なのである。

どうやら二人の雰囲気からして、レズまで行かないがエス（シスター）のような感じで、何でも話し合い、時には戯れ合ったりしてきたようだ。

それでもやはり異性への興味は旺盛で、摩紀の話を聞いてその気になってしまったらしい。

摩紀が、治郎を自分の所有物のように紹介したことにも興奮が湧いた。

そして、治郎との仲以上に、咲恵とは古く親密な付き合いだったのだろう。

咲恵も、摩紀から治郎の写メを見せてもらい、初体験の相手に選んだようだが、やはり一対一では恐いので摩紀に同席してもらったようだ。

「構いませんか？」

「うん、もちろん。じゃみんなで脱ごうか」

咲恵がモジモジと言うので治郎も答え、自分から脱ぎはじめた。もちろん彼は、ここに来る前にシャワーと歯磨きは済ませていた。

先に全裸になり、思春期の体臭の沁み付いたベッドに横になった。

すると摩紀と咲恵も全て脱ぎ去り、室内に二人分の美少女の匂いが生ぬるく立ち籠《こ》めてきた。

摩紀は相変わらずムチムチと健康的な肢体をし、咲恵は透けるほどに色白で、頬には淡いソバカスが浮かび、全身もほっそりしていたが、胸と尻は娘らしい丸みを帯びていた。

「見て。まず観察しましょうね」

摩紀が、一級先輩なのに体験者として咲恵をリードするように言い、一緒に彼の股間に顔を寄せてきた。

治郎も大股開きになり、勃起したペニスを晒すと、摩紀が腹這い、咲恵を促しながら同時に迫ってきた。

「こうなっているのよ。これが入ると、最初は少し痛いけど、慣れると気持ち良くなってくるわ」

「何だか恐いわ。こんな大きくて太いのが入るのかしら……」

二人が顔を寄せて囁き合った。治郎は二人分の熱い視線と息を股間に受け、ヒクヒクと幹を震わせた。

「触ってみて。袋は急所だから強くしないで、こんなふうに」

摩紀がいっぱしなことを言って先に指を這わせ、幹や陰嚢をいじった。

すると咲恵もそろそろとしなやかな指を這わせ、睾丸を確認し、摩紀が袋をつまんで肛門の方まで見せた。

そして咲恵も、いったん触れてしまうと度胸がついたように、幹をニギニギし、張り詰めた亀頭にまで触れてきた。

「舐めると気持ち良くなってくれるから、一緒にしましょう」

摩紀が言って、先に彼の両脚を浮かせて尻の谷間を舐めてくれた。

「湯上がりの匂い。綺麗にして来たのね……」

摩紀が囁き、チロチロと肛門をくすぐり、ヌルッと浅く潜り込ませた。

「あう、気持ちいい……」

治郎が浮かせた脚を震わせて呻き、キュッと美少女の舌先を肛門で締め付けた。

そして少し蠢かせて引き離すと、咲恵も恐る恐る舌を這わせてきた。

処女の舌が、最初に男に触れたのが肛門というのも興奮をそそるものだ。

咲恵の熱い息が陰嚢をくすぐり、清らかな舌が這い、摩紀のように浅く潜り込ませてきた。

「く……」

治郎は申し訳ないような快感に呻き、幹を震わせながら処女の舌を肛門で締め付けて味わった。

咲恵はすぐに離れたので彼が脚を下ろすと、今度は摩紀と咲恵が頬を寄せ合い、一緒に陰嚢を舐めてくれた。

「ああ……」

治郎は快感に喘ぎ、股間に混じり合った息を感じながら、それぞれの舌の蠢きに身悶えた。二人も、一つずつ睾丸を舌で転がし、時に吸い付き、袋全体を生温かな唾液にまみれさせた。

摩紀が先に肉棒を舐め上げると、咲恵も従い、二人の舌が幹を這い、同時に先端に達してきた。

先に摩紀が粘液の滲む尿道口をチロチロと舐めると、続いて咲恵もしてくれた。

さらに二人の舌が同時に張り詰めた亀頭をしゃぶり、たちまちペニスは美少女たちのミックス唾液に生温かくまみれて震えた。

摩紀がスッポリと含んで吸い付き、クチュクチュと舌をからめてチュパッと引き離すと、もうためらいなく咲恵も呑み込み、上気した頬をすぼめて吸いながら舌を蠢かせてくれた。

立て続けにしゃぶられると二人の口腔の温もりや舌の感触の微妙な違いが分かり、どちらも彼の興奮と快感を高めた。

「ああ、気持ちいい、いきそう……」

「いいわ。どんなふうに出るのか知りたいだろうから、一度いっても」

治郎が急激に絶頂を迫らせて喘ぐと、摩紀がそう言い、彼も我慢せず快感を高めてしまった。

女同士の舌や唾液を感じても気にならないようだから、やはり二人はディープキス体験ぐらいしているのだろう。

そして二人が交互に含み、顔を上下させてスポスポと摩擦してくれるうち、もう我慢できなくなり、治郎は咲恵が含んでいるときに昇り詰めていった。

「く……！」

溶けてしまいそうに大きな快感に貫かれて呻き、同時に熱い大量のザーメンがドクンドクンと勢いよくほとばしって咲恵の喉の奥を直撃した。

「飲んであげて」

咲恵が驚いて呻き、口を離すと、摩紀が言ってすかさずパクッと亀頭を含み、余りのザーメンを吸い出してくれた。

「アア……」

治郎は腰をよじりながら、美少女の口に心置きなく最後の一滴まで出し尽くしてしまった。

咲恵も息を詰め、濃厚な第一撃を飲み込んでくれたようだ。

摩紀は全て吸い出して愛撫を止め、亀頭を含んだまま口に溜まったザーメンをコクンと飲み干してくれた。

「あう……」

嚥下《えんげ》とともに口腔がキュッと締まり、治郎は駄目押しの快感に呻いた。

ようやく摩紀も口を離し、二人で顔を寄せ合いながら、尿道口から滲む雫を舐め取ってくれた。

「も、もういい……、有難う……」

治郎が過敏に腰をよじって呻くと、二人も舌を引っ込めた。

「生臭いわ……」

「でも人間の生きた種だから、すごく栄養があるわ」

咲恵が言い、摩紀もチロリと舌なめずりしながら言った。

治郎は顔を上げた二人の可憐な顔立ちを見ながら、息を弾ませて余韻を味わった。

「ね、休憩の間、私たちは何したらいい？」

摩紀が訊いてきた。

「二人で、僕の顔に足を乗せて……」

治郎は、まだ荒い呼吸を繰り返しながら答えた。

「そんなことしてもいいの？　分かったわ」

摩紀は驚きながらも同意し、咲恵を促して一緒に起き上がり、治郎の顔の左右に立った。そして互いに支え合いながら、そろそろと片方の足を浮かせ、彼の顔に足裏を乗せてくれたのだ。

「あん、変な感じ……」

咲恵がガクガクと足を震わせ、か細く言った。

治郎は美少女たちの足裏を顔中に感じ、それぞれに舌を這わせた。

「あう、くすぐったいわ……」

摩紀も声を震わせ、たまにバランスを崩してギュッと踏みつけてきた。

治郎は足裏を舐め、二人の指の間に鼻を割り込ませて嗅いだ。

もちろん二人はシャワーも浴びておらず、午前中は大学に行っていたのだろうから、どちらも指の股は汗と脂に生ぬるく湿り、蒸れた匂いが可愛らしく沁み付いていた。

治郎は充分に足の匂いを嗅いでから、順々に爪先をしゃぶりながら、真下からの眺めを楽しんだ。

ニョッキリした健康的な脚が二人分真上に伸び、艶めかしい割れ目が覗いていた。

「あん、汚いのに……」

舌を割り込ませると咲恵が声を洩らし、彼の口の中で指を縮めた。

治郎は足を交代してもらい、新鮮な味と匂いを貪り尽くした。

「じゃ跨いで、しゃがんで」

口を離して言うと、先に摩紀が跨がり、和式トイレスタイルでゆっくりしゃがみ込んでくれた。

咲恵も、次は自分がするのだからと相当緊張と羞恥に身を縮めながら見つめていた。

摩紀の脚がM字になってムッチリと張り詰め、ぷっくりした割れ目が鼻先に迫ってきた。

割れ目からはみ出す花びらが、露《つゆ》を宿してネットリと潤っていた。僅かに陰唇が開き、ピンクの柔肉と小粒のクリトリスが覗いていた。

腰を抱き寄せて若草に鼻を埋めると、汗とオシッコとチーズ臭が鼻腔を刺激し、舌を這わせると淡い酸味のヌメリが感じられた。

膣口を掻き回し、クリトリスまで舐め上げると、

「アア……、いい気持ち……」

摩紀がビクッと反応して喘ぎ、思わず座り込みそうになりながら懸命に彼の顔の左右で両足を踏ん張った。

治郎は味と匂いを堪能し、尻の真下に潜り込み、顔中に双丘を受け止めた。そして谷間に閉じられたピンクの蕾に鼻を埋め込んで微香を嗅いでから、チロチロと舌を這わせてヌルッと潜り込ませた。

「あう……！」

摩紀が呻き、キュッと肛門で舌先を締め付けてきた。

治郎は滑らかな粘膜を探り、充分に味わってから舌を引き離した。

すると摩紀も離れて、場所を空けて隣に横たわり、今度は咲恵が彼の顔に跨がって

きた。

「ああ、恥ずかしいわ……」

咲恵は息を震わせながらもしゃがみ込み、割れ目を迫らせてくれた。

恥毛は楚々として淡く、それでも割れ目からはみ出す陰唇は摩紀以上にジットリと大量の愛液に濡れていた。

指で陰唇を広げると、処女の膣口が息づき、摩紀より大きめのクリトリスがツンと突き立って光沢を放っていた。

同じように腰を抱き寄せて鼻を埋めると、恥毛の隅々にはやはり汗とオシッコの匂いが生ぬるく籠もり、チーズ臭も混じって鼻腔を刺激してきた。

治郎は処女の匂いを貪りながら舌を這わせ、潜り込ませて無垢な膣口をクチュクチュと掻き回した。

淡い酸味の清らかなヌメリを味わい、ゆっくりクリトリスまで舐め上げていくと、

「アアッ……！」

咲恵が熱く喘ぎ、ヒクヒクと白い下腹を波打たせた。舐めるたびに新たな愛液がトロトロと湧き出し、たちまち舌の動きが滑らかになった。

治郎は充分に味と匂いを堪能してから、同じように尻の真下に潜り込み、可憐なピ

ンクの蕾に鼻を埋め込み、秘めやかな微香を嗅いだ。

そして顔中に双丘を受け止めながら舌を這わせ、ヌルッと潜り込ませた。

「く……、ダメ……」

咲恵が違和感に呻き、モグモグと肛門で舌先を締め付けてきた。

やがて治郎は二人の美少女の前も後ろも心ゆくまで味わい、ペニスもさっきの射精などなかったかのように、ピンピンに回復していた。

4

「いいよ、入れても」

「じゃ、咲恵さんから」

治郎が舌を引っ込めて言うと、摩紀が言って咲恵の身体を支え、ペニスに跨がらせていった。

やはり処女が最初から感じるわけもないから、挿入体験だけさせ、あとは摩紀が楽しもうというのだろう。

咲恵も以前から処女喪失願望が強かったようで、もうためらいなく先端に割れ目を押し当ててきた。そして位置を定めると息を詰め、意を決してゆっくりと腰を沈み込ませていった。

張り詰めた亀頭が処女膜を丸く押し広げて潜り込むと、あとは重みと潤いに助けられ、咲恵はヌルヌルッと根元まで受け入れていった。

「アアッ……！」

彼女が破瓜の痛みに眉をひそめて呻き、完全に座り込んで股間を密着させた。

治郎も二人目の処女を味わい、熱いほどの温もりときつい締め付けを感じながら暴発を堪えた。何しろ次が控えているのである。

「大丈夫？」

摩紀が寄り添って囁くと、咲恵も目を閉じたまま小さく頷いた。

そして上体を起こしていられず、身を重ねてくると治郎も抱き留め、顔を上げてピンクの乳首に吸い付いて舌で転がした。

しかし、やはり咲恵の全神経は股間に集中し、乳首の反応はなかった。

治郎は左右の乳首を含み、咲恵の腋の下にも鼻を埋め込み、甘ったるい汗の匂いを貪った。

そして様子を見ながらズンズンと小刻みに股間を突き上げると、

「あう、ダメ……」

咲恵が顔をしかめて言い、懸命に両手を突っ張って身を起こした。

そして自分で股間を引き離すと、ゴロリと横になってしまった。

摩紀が股間を覗き込み、

「出血はしていないわ。この次はもう少し動けるでしょう」

確認して言うなり続いてペニスに跨がってきた。そして先端に割れ目を押し当て、ヌメリに合わせてゆっくり座り込んでいった。

「あう……！」

摩紀も根元まで受け入れて呻き、治郎は立て続けに美少女たちの感触を味わい、今度こそ高まってきた。

ピッタリと股間が密着すると彼女も身を重ね、治郎は左右の乳首を含んで舐め回した。そして摩紀の腋の下にも鼻を埋め込んで嗅ぎ、生ぬるく甘ったるい匂いで胸を満たした。

股間を突き上げると、摩紀はもう慣れたように合わせて腰を遣い、すぐにも動きが滑らかになってピチャクチャと摩擦音が聞こえてきた。

「アア……、奥まで響くわ……」

摩紀が喘ぎ、味わうようにキュッキュッと締め付けた。もう先日の破瓜の痛みなど忘れたようで、徐々に大人の女の快楽が芽生えはじめているのだろう。

それに、咲恵に手本を示し、もう大人なのだと見せつけたい気持ちもあるようだ。

治郎も両膝を立てて膣内の感触を味わい、下から摩紀に唇を重ねていった。

「ンン……」

摩紀もネットリと舌をからめて熱く鼻を鳴らし、潤いを増しながら腰の動きを早めてきた。

治郎は高まりながら、隣の咲恵の顔も抱き寄せ、三人で同時に唇を重ね、それぞれの舌を舐め回した。

「ね、唾を出して、いっぱい……」

囁くと摩紀がトロトロと唾液を注いでくれ、咲恵も朦朧《もうろう》としながら懸命に分泌させて、清らかな唾液を吐き出してくれた。

治郎は混じり合った美少女たちの唾液で喉を潤し、それぞれの口に鼻を押し込んで熱い息を嗅いだ。二人とも果実のように甘酸っぱい匂いをさせ、二人の吐息で彼の鼻腔が悩ましく湿り気を帯びた。

「顔中ヌルヌルにして……」

さらにせがむと、二人は舌を伸ばして治郎の鼻筋や頬を舐め回してくれた。舐めるというより、吐き出した唾液を舌で塗り付ける感じである。

たちまち彼の顔中は、美少女たちの唾液でパックされたようにヌルヌルにまみれ、彼は悩ましい匂いと肉襞の摩擦の中で昇り詰めてしまった。

「い、いく、気持ちいい……！」

治郎は大きな絶頂の快感に口走り、ありったけのザーメンをドクンドクンと勢いよく柔肉の奥にほとばしらせた。

「あ、熱いわ、いい気持ち……、ああーッ……！」

すると噴出を受け止めた摩紀も声を上ずらせ、ガクガクと狂おしい痙攣を開始したのである。

どうやら、膣感覚でのオルガスムスに達してしまったようだ。膣内の収縮も最高潮になり、治郎は快感の中、最後の一滴まで出し尽くしてしまった。

満足しながら徐々に突き上げを弱めていくと、

「アア……」

摩紀は精根尽き果てたように声を洩らし、いつしか硬直を解いてグッタリと治郎にもたれかかってきた。

彼も力を抜いて摩紀の重みと温もりを受け止め、収縮する膣内でヒクヒクと過敏に幹を震わせた。

そして美少女二人分の唾液と吐息の匂いを嗅いで鼻腔を刺激されながら、うっとりと快感の余韻を味わったのだった。

「そんなに気持ち良くなるの……？」

咲恵が、摩紀の激しい痙攣を目の当たりにして囁いた。

「ええ、今のはすごかったわ……」

摩紀も、初めての絶頂に戸惑いながら声を震わせて答えた。

やがて身を起こし、そろそろと摩紀が股間を引き離したので、治郎も起き上がって三人でバスルームへ移動した。

由紀子の留守中、全裸で彼女の家を歩き回るのも妙な気分である。自分の娘も含み、三人で戯れたなど由紀子は夢にも思わないだろう。

三人ともシャワーの湯で全身と股間を洗い流すと、もちろん治郎は例のものを求めたくなった。

「ね、左右から肩を跨いで」

治郎は床に座って言い、二人を左右の肩に跨がらせ、顔に股間を突き出させた。

「オシッコかけて」

またムクムクと回復しながらせがむと、

「え……、そんなことするの……」

咲恵が驚いて尻込みしたが、摩紀が息を詰めはじめたので、後《おく》れを取って注目されないうちにと、彼女も懸命に尿意を高めた。

治郎は左右の割れ目に、交互に舌を這わせた。

もう恥毛に籠もっていた悩ましい匂いも消えてしまったが、二人とも新たな愛液を漏らして舌の動きを滑らかにさせた。

「あう、出そう……」

摩紀が言うので、治郎は彼女の割れ目に舌を挿し入れた。

するとすぐにも柔肉が盛り上がり、味わいと温もりが変化し、チョロチョロと熱い流れがほとばしってきた。

「アア……」

たちまち勢いが増して摩紀が喘ぎ、彼は口に受け止めながら味と匂いを堪能し、喉に流し込んだ。

すると反対側の肩にも温かな雫がポタポタと滴《したた》り、間もなく一条の流れとなって注がれてきた。治郎は咲恵の割れ目にも口を付けて味わい、うっとりと喉を潤して酔いしれた。

どちらも清らかで味も匂いも淡く、何の抵抗もなく飲み込むことが出来た。

すると先に摩紀の流れが治まり、治郎が咲恵の残りをすすると、そちらも放尿が終わった。

彼は混じり合った残り香を味わいながら、それぞれの割れ目を舐めて余りの雫をすすった。

「も、もうダメ……」

咲恵が言って股間を引き離すなり、力尽きてクタクタと座り込んだ。摩紀もしゃがみ込み、また三人でシャワーの湯を浴びた。

そして身体を拭いて全裸のまま摩紀の部屋に戻ると、治郎は仰向けになってピンピンに勃起したペニスを晒した。

「まだ出来るの……？」

「うん、あと一回だけ、もう入れたり口に出したりしないので、二人でいじって」

彼が言うと、二人も左右から挟み付けるように添い寝し、肌を密着させてくれた。

摩紀がペニスを握って動かしてくれたので、治郎は二人の顔を胸に引き寄せ、同時に乳首を舐めてもらった。

「ああ、気持ちいいよ。少しだけ嚙んで……」

せがむと二人も熱い息で肌をくすぐり、彼の左右の乳首をそっと嚙んでくれた。

「ああ、もっと強く……」

治郎は指の愛撫に高まりながら身をくねらせ、二人もやや力を込めて両の乳首を愛撫してくれた。

「じゃ、自分でするので、また息と唾をいっぱい欲しい」

治郎が自分でしごきながら言うと、二人も彼の口に唾液を垂らし、甘酸っぱい息を惜しみなく吐きかけてくれた。

「あう、いく……」

治郎は急激に昇り詰め、快感に呻いた。

すると摩紀が急いで移動してパクッと亀頭を含み、結局ザーメンを口に受け止めてくれたのだった。

「ああ、気持ちいい……」

治郎は身悶えて言い、摩紀の口に思い切り射精しながら、咲恵の舌を舐め回し、唾液と吐息を貪りながら最後の一滴まで出し尽くした。

そしてグッタリと身を投げ出すと、咲恵も移動してきて、美少女二人で顔を寄せ合い、最後まで舌で綺麗にしてくれたのだった……。

5

「見つけたぞ、月岡。今日は勘弁しねえからな」

治郎が出版社での打ち合わせの帰り、ハイツに帰ろうと歩いていると大久保伸也に声をかけられた。他にも懐かしい、小中学校時代の悪ガキたちも三人ばかり揃い、未だにつるんでいるようだ。

「あはは、ずっと勘弁してもらってきたくせに、なんて言いぐさだ」

治郎は、すっかり過去も思い出しているので余裕の笑みを洩らして答えた。

「何だ、こいつ本当に月岡か」

当時の悪ガキたちも二十五歳になり、久々に見る治郎を小馬鹿にしたように睨んできた。

「ああ、お前らにも金をせびられたからな、有り金全部出して、それでチャラにしてやろう」

「何だと、この野郎！」

見るからに頭の悪そうな奴らが気色《けしき》ばみ、治郎はコンビニの駐車場に移動した。

「さあ、早く済ませよう。すぐに金は出さないだろうから、まずはかかってこい」

治郎が自然体に構えて言うと、近くにいた一人が飛びかかってきて、さらにもう一人が殴りかかってきた。

もちろん治郎は素早く身をかわして二人の髪を掴み、渾身の力を込めて男同士の顔面を鉢合わせさせた。

「ぐええ……！」

二人は奇声を発し、鼻骨と前歯を全て折りながら、目を剝いて昏倒した。

「む、無闇にかかるな。あの頃の奴とは違うんだぞ……」

伸也が言ったが、残る一人も無謀に飛びかかってきたので、治郎は腕を捻って肘と肩の骨をへし折りながら投げつけていた。

「むぐ……」

男は呻くなり長々と伸びてしまった。

一瞬にして三人が倒され、伸也が怯《ひる》むかと思ったら、いきなりナイフを出して突きかかってきた。報復の策といっても、所詮《しょせん》はその程度なのである。

治郎は手首を摑んで回り込み、素早く合気道の入り身投げを見舞った。伸也は一回転し、激しく駐車場に叩きつけられて苦悶した。

と、そのとき二人の警官が駆け寄ってきた。どうやらコンビニの店員が見て通報し、近所の交番から駆けつけたのだろう。

「おい、何やってる！」

階級章は桜のマーク一つの、若い巡査が治郎に詰め寄ってきた。

「見た通りだ。四人にからまれて反撃した。一人はナイフを持っているので、どう見たって正当防衛だろう」

「身分証を出せ！」

「民間人に対する言葉遣いがなっていないな。丁寧語を使え。オール3程度の巡査」

「何だと、この野郎！」

巡査が顔を真っ赤にしたが、治郎はポケットにあった青いカードを見せた。

「身分証はこれしかない」

「何だ、これは！」

巡査がいきり立つと、桜のマーク三つの中年巡査部長が顔色を変えた。

「も、もしかして、噂の青竜機関の方では……」

「そうです」

「し、失礼いたしました！」

巡査部長が直立になって敬礼したので、若い巡査は目を白黒させていた。

「ど、どうか彼の態度はご内聞に」

「ああ、この四人をしょっ引いて下さい。あちこち骨折してるけど、余罪が山ほどありそうだから」

「了解しました。おい、応援を」

巡査部長が言うと、巡査は急いで無線の連絡を取った。

「じゃ、僕は行ってもいいかな」

「いや、ちょっと調書のため同行を……」

部長が言い淀んだそのとき、黒い車が駐車場に入ってきて瑞穂が降りてきた。

「ご苦労様。彼は連れて行くわ。調書は適当に」

瑞穂が言って手帳を開いて見せると、二人はビクリと硬直した。恐らく国会議員並とでもいうマークが描かれていたのだろう。

「りょ、了解しました。お疲れ様です！」

部長が言い、今度は二人揃って敬礼してきた。

「じゃ行きましょう」

瑞穂に促され、治郎も一緒に車に乗り込んだ。

何と後部シートには、薫子も乗っているではないか。

「初指令よ。人妻を一人、淫法の技でメロメロにしてほしいの」

瑞穂が車をスタートさせて言い、後ろに座っている薫子が、助手席の治郎に資料の封筒を渡してきた。

中身を取り出すと、写真と彼女の経歴が書かれている。

「資料はあげられないから、いま読んで記憶して」

「分かりました。吉野真佐江《よしのまさえ》、三十七歳。中学生の息子が一人。夫は国会議員の……」

治郎は読み上げ、真佐江の写真を見たが、スーツ姿でなかなかに颯爽とした美熟女ではないか。セミロングの髪に切れ長のきつそうな眼差し、しかし胸は豊かでプロポーションも良い。

さらに封筒の中には、黒縁メガネが入っている。

「その眼鏡には、遠隔操作の小型カメラが仕込んであるから、セックスのとき枕元に置いて。ラブホテルへの出入りは薫子が撮るから、室内は君が撮るのよ」

「はい」

「ネットにアップするときは君の顔はモザイクをかけるから安心して。それから、今ここでこれに着替えて」

瑞穂が言うと、薫子が黒いズボンと詰め襟《えり》の学生服を渡してきた。

「そう、高校生に化けるんですね」

「ええ、真佐江は間もなく参議院選に立候補して、夫と共に、あることで国会の糾弾にかかるわ。その前に、未成年との淫行でアウトにしたいの」

なるほど、逆ハニートラップのようで、表沙汰になれば真佐江のみならず夫のイメージダウンも間違いないだろう。とにかく夫婦は、何らかの極秘事項を知りはじめているようだった。

もちろん細かな事情は訊かない。素破とは、ただ命令に従うだけなのである。

治郎は助手席で服を脱ぎ、シャツとズボンだけになってから学生ズボンと学生服に着替え、メガネをかけた。度は入っていない伊達《だて》メガネなので、視界が歪むようなこともない。

「近づく段取りは？」

「すでにお膳立ては出来ているわ。彼女の母校の生徒会長という触れ込みでアポは取っているけど、彼女も忙しいのでラブホ近くの喫茶店で会うことになっているの。そして彼女は、何より若い童貞が好きだから、なるべく初々しく装って」

すでに真佐江の性格や性癖も、全て調査済みらしい。

もちろん真佐江は淫行などしていないだろうが、欲求不満とストレスの連続で、そろそろ歯止めが利かなくなっている時期を狙ったようだ。

治郎は髭も薄いし、小柄で真面目そうな顔立ちだから、高校生のコスプレをしても違和感はないだろう。

車で目的地に向かう途中、曇っていた空から雨が落ちてきた。

「雨は願ってもないわ。ラブホに入る時、傘で顔が隠せるから彼女もその気になるでしょう」

「もちろん隠したって、上手く撮れるけれど」

瑞穂が言い、薫子もヤル気満々で嘯《うそぶ》いた。

「あの喫茶店よ」

言われて見ると、確かにラブホテル街の入り口にレトロな喫茶店があった。

「取材のテーマは国家機密についてだけれど、何気なく話していれば真佐江もすぐその気になるわ。何しろ淫法の達人は、生きた媚薬みたいなものだから」

瑞穂が言い、車を停めた。

治郎と薫子が降りると、瑞穂はそのままどこかへ走り去った。あるいは近くで、彼のメガネに付いたカメラをモニターで見るのだろう。

治郎が店内に入り、入り口近くの席に座ると、薫子は少し離れた席に行き、それぞれ飲み物を頼んだ。

治郎は高校生らしく、コーヒーではなくレモンスカッシュにした。

すると間もなくドアが開き、真佐江が入ってきて少し店内を見回し、すぐ気づいて治郎の向かいに座ってきたのだった。

第六章　初の指令で人妻を攻略

1

「あ、吉野先生ですか。お待ちしてました。岡部二郎《おかべじろう》です」

「まだ先生じゃないわ。どうぞよろしくね」

治郎が偽名で言うと、真佐江も笑みを洩らして向かいの席に着いた。

彼女もまだ立候補前で、単なる議員の妻でしかないから誰も連れておらず、一人で行動していた。

彼女はコーヒーを頼み、あらためて値踏みするように治郎を見つめてきた。

「前に飼っていた犬の名がジロだったわ」

「じゃ、構いませんのでジロと呼んで下さい」

「まあ、そんなこと言われると胸キュンよ……」

何やら真佐江の眼差しが熱っぽくなり、早くも彼の発する淫気フェロモンが効きはじめているようだった。

とにかく立候補して当選後の政策や、国家機密の暴露に関する質問などを、治郎は当たり障りなく訊いてメモするふりをした。

「ジロはずいぶん頭が良さそうね。私の在学中にいたら好きになっていたわ」

「僕も、吉野先生のこと好きですよ。生徒会室に、先生の当時の生徒会活動の写真が残っていて、すごく綺麗だなと思って憧れていたんです」

「まあ、本当……？　吉野先生なんて言わないで」

「じゃ真佐江先生。今日会えて、ずっとドキドキしてます」

治郎は、写真以上に整った真佐江の顔をモジモジと見て、わざと巨乳にも視線をやり、恥ずかしげに俯いた。

「ジロは、恋人は？」

「もちろんいません。今は受験態勢に入っているし、同級の女の子にはあまり興味がなくて、むしろうんと年上の女性が好きだから」

「じゃ、まだ何も知らないのね。キスもセックスも……」

真佐江が声を潜めて言った。

「ええ……、もし体験できたら、すっきりしてなおさら受験に専念できそうなのですけど」

「私が、教えてしまいたいわ……」

真佐江も、淫気を催しはじめたように本音を口に出しはじめた。

「もし教えて頂けたら、大学を出てすぐ真佐江先生の事務所へ行って、一生お仕えします」

「まあ……」

治郎が言うと、真佐江はスーツの中で熟れ肌を疼かせはじめたようだった。

あとで聞いた調査によると、真佐江は高校時代は勉強と生徒会の活動ばかりで彼氏は一切おらず、大学時代に三つ上の現在の夫と知り合い、卒業と同時に結婚していた。だから、もし浮気していなければ夫しか知らないはずだ。だからこそ、快楽に目覚めてから無垢な少年への欲望が芽生えはじめたようだ。

「場所を変えましょうか」

コーヒーを飲み干すと真佐江が言った。すると、いち早く薫子が立って会計を済ませた。

もちろん治郎も、それを目の隅で捉えただけで、真佐江と一緒に立ち上がり、喫茶店を出たのだった。

「雨がひどくなってきたわ。傘を持っていないの？」

サングラスをかけた真佐江が言い、自分の傘を差し掛けてくれ、すでに彼女は近くのラブホテルを目に止めていたようだ。

「ね、そこ入ってみない？　人生勉強よ」

「え、ええ……」

真佐江が相合い傘の中で囁き、幸い通行人もいないので、彼女は足早にラブホテルに入っていった。

どこからか、薫子が巧みに撮影しているのだろうが、治郎は周囲を見るようなこともなく入った。真佐江が傘を畳み、パネルで空室を選んで支払いを済ませ、キイをもらった。

エレベーターで三階まで上がり、密室に入って内側からロックすると、いきなり真佐江が彼を抱きすくめてきたのだった。

「ああ、可愛い……」

感極まったように言い、治郎もブラウス越しの巨乳に勃起してきた。

「本当に、私が最初でいいの？　決して後悔しない？」

「しません。一生付いていきますので」

「じゃ脱いで、全部よ」

腕を離して真佐江が言い、自分もサングラスを外して脱ぎはじめると、治郎も手早く学生服を脱いでいった。

シャワーを浴びようと言わないので、真佐江も相当待ちきれなくなっているのだろう。それにすぐにも挿入してくるとでも思っているのかも知れない。

彼女が脱いでいくと、生ぬるく甘ったるい匂いが漂った。

治郎はモジモジと最後の一枚を脱ぎ去ると、童貞を装って恥じらうようにベッドに潜り込み、枕元にメガネを置いた。

真佐江も、ためらいなく一糸まとわぬ姿になり、惜しみなく三十七歳の熟れ肌を露わにすると興奮に息を弾ませて添い寝してきた。

甘えるように腕枕してもらうと、また真佐江はきつく胸に抱きすくめた。

「ああ、もう止まらないわ。まさか高校生とエッチするなんて……」

真佐江は興奮に朦朧としたように声を震わせ、さらに濃い汗の匂いを悩ましく漂わせた。

そして彼の股間に手を伸ばし、激しく勃起したペニスに触れてきた。

「すごく勃《た》ってるわ。嬉しい……」

「い、いきそう……」

彼女が囁いて愛撫すると、治郎も初々しい反応を見せた。

「そうね、初めてなら感じすぎるでしょう」

真佐江も、まだ勿体ないと思い指を離し、彼の鼻先に巨乳を突き出してきた。

「吸って……」

言われて、治郎もチュッと吸い付いて舌で転がすと、

「アア……、いい気持ち……！」

真佐江が最初から激しく喘ぎ、グイグイと巨乳を彼の顔中に押し付けてきた。

治郎も柔らかな膨らみに顔中を埋めて噎せ返りながら、執拗に舌を蠢かせ、そろそろともう片方にも指を這わせていった。

「いいわ、何でも好きなようにして……」

彼女が、治郎の顔を抱えたまま仰向けになって言い、彼ものしかかる形になって、左右の乳首を交互に含んで舐め回した。

さらに腋の下にも鼻を埋めると、甘ったるい汗の匂いが濃厚に籠もっていた。

「ああ、恥ずかしいわ。汗臭いでしょう……」

「すごくいい匂い」

「アア……」

真佐江は彼の言葉に羞恥を煽《あお》られ、クネクネと熟れ肌を悶えさせた。

治郎は白く滑らかな熟れ肌を舐め降り、臍を探って腹部に顔を押し付け、心地よい弾力を味わった。

そして腰からムッチリと量感のある太腿に降り、脚を舐め降りていった。

真佐江はうっとりと夢見心地で身を投げ出し、何をしても拒まなかった。

彼は足裏を舐め、指の股に鼻を割り込ませ、汗と脂に湿って蒸れた匂いを貪ってから、爪先にしゃぶり付いていった。

「ああ……、ジロに舐められているようだわ……」

真佐江が声を上ずらせて言った。まさか割れ目までは犬に舐めさせていないだろうが、爪先ぐらいは舐めさせていたようだ。

治郎は両足とも味と匂いを貪り尽くし、大股開きにさせて脚の内側を舐め上げ、張りのある内腿をたどって股間に迫っていった。

「ああ、まさか、舐めてくれるの？　シャワー浴びてないから、しなくていいのよ」

真佐江が、急に羞恥を甦らせたように言った。あるいは、早く挿入して欲しいのかも知れない。

「舐める前に、よく見てみたい」

「そうね、最初なら見たいでしょうから……、そんなに良いものじゃないのよ。グロかも知れないわ……」

「広げて見せて」

「アア……、恥ずかしいわ……」

真佐江は声を震わせながら、自ら両手を割れ目に当て、左右の人差し指でグイッと陰唇を左右に広げてくれた。

ピンクの柔肉が丸見えになり、襞の入り組む膣口が大量の愛液にまみれて息づき、ポツンとした尿道口もはっきり見えた。

股間の丘の茂みは情熱的に濃く、黒々とした艶があり、下の方は雫を宿していた。包皮の下からは、小指の先ほどのクリトリスが光沢を放ち、愛撫を待つようにツンと突き立っていた。

「アア、見ているのね……。そんなに近くで、嫌な匂いしない……？」

「オシッコの匂いがするけど、嫌じゃない」

治郎は目を凝らして答え、真佐江は彼の熱い視線と息を感じるだけでヒクヒクと白い下腹を波打たせ、新たな愛液を漏らしてきた。

「ジロ、お舐めって言って」

「ああ、ジロ、お舐め……」

治郎が頼むと、彼女が声を上ずらせて言い、彼も顔を埋め込んでいった。

2

「アア……、こんな可愛い子に、舐められているのね……」

真佐江は顔を仰け反らせて喘ぎ、内腿でムッチリと治郎の両頬を挟み付けてきた。

彼も柔らかな茂みに鼻を擦りつけ、隅々に籠もる汗とオシッコの匂いを嗅ぎながら舌を挿し入れて掻き回した。

淡い酸味のヌメリに舌の動きが滑らかになり、彼は膣口の襞からクリトリスまで、ゆっくりと舐め上げていった。

「あう、気持ちいい……！」

真佐江が身を弓なりに反らせて呻き、内腿に力を込めて悶えた。

両手で彼の髪を撫でてきたので、本当に股間に彼の顔があるのか確かめているようだった。

治郎は執拗にクリトリスを舐めては、美熟女の味と匂いを堪能し、さらに両脚を浮かせて豊満な尻の谷間に迫っていった。

ピンクの蕾が可憐にキュッと閉じられ、鼻を埋めて生ぬるい微香を嗅ぎ、顔中に密着する双丘の弾力を味わった。舌を這わせて襞を濡らし、ヌルッと潜り込ませて滑らかな粘膜に触れると、

「く……、ダメ、そんなこと……」

真佐江が息を詰め、キュッときつく肛門で舌先を締め付けてきた。

治郎は舌を蠢かせ、甘苦い微妙な味覚のある粘膜を探り、ようやく舌を引き離して脚を下ろし、唾液に濡れた肛門に左手の人差し指を浅く潜り込ませた。

さらに右手の指を膣口に押し込み、前後の穴の内壁を小刻みに擦りながら再びクリトリスに吸い付くと、

「ダ、ダメ、いきそうよ……、アアッ……！」

真佐江が指を締め付けて喘ぎ、ガクガクと腰を跳ね上げた。どうやら小さなオルガスムスの波が押し寄せているようだ。

「お、お願い、ダメ……、やめて……」

切羽詰まった声で言い、腰をよじるので、彼も前後の穴からヌルッと指を引き抜いてやった。

やはり早々と果てるのは、あまりに惜しいようだ。

股間を這い出した彼が添い寝すると、真佐江が入れ替わりに身を起こして顔を移動させ、張り詰めた亀頭にしゃぶり付いてきた。

「ンン……」

粘液の滲む先端を舐め回し、そのままスッポリと喉の奥まで呑み込んで呻き、熱い息を股間に籠もらせながらネットリと舌をからめた。

治郎も受け身になって快感を味わい、生温かな唾液にまみれた幹を震わせて高まっていった。

真佐江は顔を上下させ、貪るようにスポスポと唇で摩擦し、上気した頰をすぼめて吸い付き、執拗に舌を蠢かせた。

「い、いきそう……」

治郎が言うと、彼女もすぐにスポンと口を離した。

「入れたいわ。私が上でもいい？」

真佐江が言って前進し、返事も待たずにペニスを跨いだ。そして濡れた割れ目を先端にあてがい、息を詰めてゆっくり腰を沈み込ませていった。

張り詰めた亀頭が潜り込むと、あとはヌルヌルッと滑らかに根元まで嵌まり込み、互いの股間がピッタリと密着した。

「アア……、いいわ……」

真佐江が顔を仰け反らせて喘ぎ、味わうようにモグモグと締め付けながら身を重ねてきた。治郎も温もりと感触を味わい、下から両手を回してしがみつき、僅かに両膝を立てて豊満な尻を支えた。

「なるべく我慢してね……」

彼女が、治郎の胸に巨乳を押し付け、顔を寄せながら囁くと、そのままピッタリと唇が重なり、ヌルッと舌を潜り込ませてきた。

治郎も歯を開いて舌を受け入れ、チロチロとからみつけて滑らかな感触と唾液のヌメリを味わった。

「ンン……」

真佐江は熱く湿り気ある息を弾ませて執拗に舌をからめ、我慢できないように腰を動かしはじめた。

熱く濡れた肉襞がクチュクチュと淫らな音を立てて摩擦され、いったん動くと快感に腰が止まらなくなったように、徐々に激しくなっていった。

治郎も合わせて股間を突き上げると、溢れた愛液が動きを滑らかにさせ、彼の陰嚢から肛門の方にまで生温かく伝い流れてきた。

「アア……、いきそう、すごくいい気持ち……」

真佐江が淫らに唾液の糸を引きながら言い、治郎は白粉のような甘い濃厚な刺激を含んだ吐息に酔いしれた。

なおも股間を突き上げていくと膣内の収縮が活発になり、愛液も粗相《そそう》したかと思うほど大洪水になった。

「い、いっちゃう……、アアーッ……！」

とうとう先に真佐江がオルガスムスに達して喘ぎ、ガクガクと狂おしい痙攣を開始してしまった。

「く……！」

我慢していた治郎も思いきり昇り詰め、大きな快感とともにありったけの熱いザーメンをドクンドクンと柔肉の奥にほとばしらせた。

「あ、熱いわ、もっと……！」

噴出を感じた真佐江が、駄目押しの快感を得て口走り、きつく締め上げた。

治郎は心ゆくまで快感を味わい、最後の一滴まで出し尽くしていった。

「ああ……、すごい……」

彼が徐々に突き上げを弱めていくと、真佐江も声を洩らし、熟れ肌の硬直を解いてグッタリともたれかかってきた。

まだ膣内は名残惜しげな収縮が繰り返され、刺激されるたび過敏になっている幹がヒクヒクと中で跳ね上がった。

「ああ、まだ動いてるわ……」

真佐江も敏感に締め付けながら喘ぎ、荒い息遣いを繰り返した。

治郎は彼女の喘ぐ口に鼻を擦りつけ、濃厚な吐息と唾液の匂いを嗅ぎながら、うっとりと快感の余韻を味わったのだった。

「とうとう若い子としちゃったわ……、ね、嫌じゃなかった？」

「そんな、すごく嬉しかったです。決して忘れませんので」

彼が答えると、真佐江は身を起こして股間を引き離し、愛液とザーメンにまみれたペニスにしゃぶり付いてきた。

「あう……」

治郎は刺激に呻き、真佐江は激情が過ぎても淫気は持続しているように貪欲に吸い付いてヌメリを舐め取ってくれた。

「ああ、若い子のザーメンの匂い……」

彼女は息を弾ませて言い、さらに根元まで含んで舌をからめた。

治郎も射精後の無反応期を過ぎ、吸引と舌の蠢きでムクムクと回復していった。口の中で勃起すると、真佐江は嬉々としてしゃぶった。

「ああ、またいきそう……」

「いいわ、今度はお口に出して。飲みたいの」

治郎が喘ぐと真佐江は答え、本格的に彼を大股開きにさせて真ん中に腹這いになった。そして自分がされたように、彼の両脚を浮かせて肛門を舐め回し、ヌルッと舌を潜り込ませた。

「く……」

治郎は妖しい快感に呻き、キュッと肛門で美熟女の舌先を締め付けた。

彼女も熱い鼻息で陰嚢をくすぐりながら舌を蠢かせ、ようやく引き離すと脚を下ろし、今度は陰嚢にしゃぶり付いてきた。

舌で睾丸を転がし、袋を唾液に濡らしてから、ペニスに身を乗り出した。

そして胸を突き出し、巨乳の谷間で揉みしだき、乳首も亀頭に擦り付けてきた。

「ああ、気持ちいい……」

柔らかな感触と温もりのパイズリに、治郎も快感に喘ぎ、すっかり元の硬さと大きさを取り戻してしまった。

しかし真佐江は、さっきの挿入で充分らしく、また亀頭にしゃぶり付いてきた。

まだ仕事もあるので、二回すると力が抜けてしまい、困るのだろう。

再び根元まで深々と含まれ、今度は彼女も本格的に顔をリズミカルに上下させ、濡れた口で強烈な摩擦を開始してくれた。

治郎も我慢せず、ズンズンと股間を突き上げながら美熟女の口の中で高まり、たちまち二度目の絶頂を迎えてしまった。

「いく……、アアッ……！」

快感に貫かれて喘ぐと同時に、熱いザーメンがドクンドクンと勢いよくほとばしって彼女の喉の奥を直撃した。

「ク……、ンン……」

噴出を受け止めて熱く鼻を鳴らし、真佐江は頬をすぼめて吸い取ってくれた。

治郎も快感に腰をよじり、心置きなく最後の一滴まで出し尽くしてしまった。

「ああ……」

すっかり満足して身を投げ出すと、真佐江も愛撫を止め、ペニスを含んだまま口に溜まったザーメンをゴクリと一息に飲み干してくれた。

そして口を離してなおも幹をしごき、尿道口に脹らむ余りの雫まで丁寧に舐め取ってくれたのだった。

「も、もう……」

過敏に身悶えて言うと、ようやく真佐江も舌を引っ込めて添い寝し、また腕枕してくれた。

「二度目なのに濃くて多いわ。とっても美味しかった……」

真佐江は熱く囁き、治郎も温もりの中で余韻を味わった。

そして、そんな様子を、枕元のカメラ付きメガネが克明に映像を送り続けていたのだった……。

3

「ごめんなさいね。お仕事中でしょうに……」

昼間、由紀子が治郎の部屋を訪ねてきて言った。

摩紀はまだ大学から帰っていないようだ。

治郎は外出の帰りに由紀子に会い、部屋に誘うと、前から望んでいたかのようにすぐにも来てくれたのである。

やはり初回以来、由紀子も欲求を疼かせて次の機会を心待ちにしていたのだろう。

「いえ、嬉しいです。じゃ脱ぎましょうね」

治郎は勃起しながら言い、自分から服を脱ぎはじめた。やはり一番の憧れだったので、由紀子と懇ろになれるのは嬉しかった。

彼女もモジモジと服を脱ぎ、治郎は先に全裸になって万年床に横たわった。

由紀子は最後の一枚を脱ぎ去り、巨乳を隠しながら優雅に添い寝してきた。

「シャワーも浴びていないのに」

「僕は綺麗にしてありますので。それに由紀子さんのナマの匂いが好きですから」

治郎は言い、腕枕してもらい腋の下に鼻を埋め込んだ。

今日も、そこは和毛《にこげ》が煙って生ぬるく湿り、ミルクのように甘ったるい汗の匂いが濃厚に沁み付いていた。

清楚な美しい顔と、ケアしていない腋毛のギャップが、何より治郎の興奮を高めるのだった。

「いい匂い」

「アア、恥ずかしいわ……」

貪欲に嗅ぎながら言うと、人妻が羞恥に熟れ肌をくねらせて喘いだ。

治郎も充分に胸を匂いで満たしてから移動し、チュッと乳首に吸い付いて舌で転がし、もう片方も指で探りながら巨乳の感触を顔中で味わった。

「あう、いい気持ち……」

由紀子も相当に欲求が溜まっていたか、すぐにもクネクネと悶えて声を洩らした。

治郎は左右の乳首を順々に含んで舐め回し、もう片方の腋も鼻を埋めて嗅いでから白く滑らかな肌を舐め降りていった。

先日の真佐江も色っぽい肉体だったが、あれは仕事であり、童貞の高校生を装って感じさせるのが目的だった。しかし今は、彼自身の欲求を大好きな由紀子にぶつけているのである。

形良い臍を舐め、腹部に顔中を押し付けて心地よい弾力を味わい、豊満な腰からムッチリした太腿、脚を舐め降りていった。

脛にはまばらな体毛があって、彼は野趣溢れる魅力を堪能し、頰ずりしてから足裏へと回った。

踵から土踏まずに舌を這わせ、縮こまった指に鼻を割り込ませて嗅ぐと、汗と脂にジットリ湿り、ムレムレになった匂いが濃く鼻腔を刺激してきた。

蒸れた匂いを充分に嗅いでからしゃぶり付くと、

「あう、ダメよ、汚いから……」

由紀子は呻いて言い、彼の口の中で唾液に濡れた爪先を縮めた。

治郎は全ての指の股に舌を挿し入れて味わい、もう片方も味と匂いが薄れるほど貪り尽くしてしまった。

そして股を開かせ、脚の内側を舐め上げ、白く滑らかな内腿をたどって股間に迫っていった。

ふっくらした丘には柔らかな恥毛がふんわりと茂り、肉づきが良く丸みを帯びた割れ目からは、すでに濡れているピンクの陰唇がはみ出していた。

彼は茂みに鼻を埋め込み、生ぬるく濃厚な汗とオシッコの匂いで鼻腔を刺激されながら、陰唇の間を舐め、かつて摩紀が産まれ出てきた膣口の襞をクチュクチュと掻き回した。

淡い酸味の潤いを味わい、ゆっくりクリトリスまで舐め上げていくと、

「アアッ……、い、いい気持ち……！」

由紀子がビクッと顔を仰け反らせて喘ぎ、内腿でキュッときつく彼の両頬を挟み付けてきた。

治郎ももがく腰を抱え込んで押さえ、チロチロと舌先で小刻みに弾くようにクリトリスを愛撫しては、新たに溢れるヌメリをすすった。

さらに彼女の両脚を浮かせ、逆ハート型の尻の谷間に迫った。

ピンクの蕾はレモンの先のように僅かに突き出た艶めかしい形状で、鼻を埋めて嗅ぐと蒸れた汗の匂いに混じり、生々しい微香も微かに感じられた。

治郎は鼻を擦りつけて匂いを貪り、舌を這わせて濡らし、ヌルッと潜り込ませて滑らかな粘膜を探った。

「あう……！」

由紀子が呻き、キュッときつく肛門で舌先を締め付けてきた。

治郎が舌を出し入れさせるように蠢かすと、鼻先にある膣口から、白っぽく濁った本気汁が滲みはじめてきた。

脚を下ろし、指を膣口に入れて内壁を小刻みに擦り、再びチュッとクリトリスに吸い付くと、

「お、お願い、入れて……！」

由紀子が待ちきれないように悶えて言った。

治郎も身を起こして股間を進め、激しく勃起した幹に指を添えて下向きにさせ、先端を割れ目に擦り付けてヌメリを与えた。そして膣口に位置を定めると、ゆっくり挿入していった。

急角度にそそり立ったペニスが、ヌルヌルッと肉襞の摩擦を受けながら根元まで没し、彼は股間を密着させて身を重ねた。

「アア……、奥まで届くわ……」

由紀子が艶めかしい表情で喘ぎ、キュッときつく締め付けてきた。

治郎ものしかかり、胸で巨乳を押しつぶして感触を味わい、温もりに包まれながらズンズンと腰を突き動かしはじめた。

「あう、すごい……」

由紀子も股間を突き上げながら呻き、両手を回してしがみついてきた。

たちまち快感に動きが止まらなくなり、溢れる愛液がピチャクチャと淫らな摩擦音を響かせた。

しかし彼女が急に動きを止め、下から彼を熱っぽく見上げてきたのだ。

「ね、お尻に入れてみて……、一度してみたいの……」

由紀子が言い、治郎も驚いて動きを止めた。

「だ、大丈夫かな……」

「ええ、きっと入るわ。最後に残った処女を奪って欲しいの……」

人妻が懇願し、治郎もその気になってきた。

身を起こしてペニスを引き抜くと、彼女も自ら両脚を浮かせて抱え、白く豊満な尻を突き出した。

見ると割れ目から伝い流れる愛液に肛門もヌメヌメと潤い、アナルセックス初体験に戦《おのの》くようにヒクヒクと震えていた。

治郎は緊張と期待に胸を弾ませながら、股間を進めて先端をピンクの蕾に押し当てた。彼女も口呼吸にして懸命に括約筋を緩め、やがて治郎は呼吸を計ってグイッと押し込んだ。

「あう……」

由紀子が微かに眉をひそめて呻き、可憐な襞が丸く広がってピンと張り詰め今にも裂けそうに光沢を放った。しかしタイミングも角度も良かったようで、最も太い亀頭のカリ首までが潜り込んでいた。

あとはズブズブと滑らかに押し込むことが出来、治郎は完全に股間を密着させた。

下腹部に押しつけられる尻の丸みが何とも心地よく、さすがに入り口は狭いが、中は意外に楽で、ベタつきもなく滑らかだった。

「大丈夫？」

「ええ、突いて、中にいっぱい出して……」

言うと由紀子もほんのり脂汗を滲ませて答え、彼は徐々に動いてみた。

ヌメリに助けられ、次第にリズミカルに動けるようになると、

「アア……、いいわ、もっと強く、何度も奥まで……」

由紀子が夢中になって口走り、自ら乳首をつまんで動かし、空いている割れ目にも指を這わせはじめた。クリトリスを擦るたび、愛液がクチュクチュと鳴り、溢れた分が二人の接点にも伝い流れてきた。

治郎も快感に腰の動きが止まらなくなり、そのまま昇り詰めてしまった。

「いく……、ああッ……！」

快感に貫かれて喘ぎ、熱い大量のザーメンがドクンドクンと勢いよく内部にほとばしった。

「あう、感じるわ。もっと……」

由紀子が言い、中に満ちるザーメンでさらに律動がヌラヌラと滑らかになった。

治郎は快感を嚙み締め、心置きなく最後の一滴まで出し尽くした。

満足しながら動きを止めると、彼女もアナルセックスとクリトリスへの刺激ですっかり絶頂を得たように、グッタリとなっていた。

呼吸を整えながら彼が身を起こすと、自ら抜くまでもなくヌメった肛門の締め付けでペニスが押し出され、ツルッと抜け落ちた。

蕾は一瞬丸く開いて粘膜を覗かせたが、すぐにつぼまっていった。

治郎は、ペニスが美熟女の排泄物にされたような興奮を味わい、うっとりと余韻に浸り込んでいったのだった。

4

「さあ、オシッコしなさい。中も洗い流した方がいいわ」

バスルームで、由紀子が甲斐甲斐しくボディソープでペニスを洗ったあと、湯で流しながら治郎に言った。

治郎もペニスの回復を堪えながら、懸命に息を詰めて尿意を高め、ようやくチョロチョロと放つことが出来た。

出しきると、由紀子はまた湯で流してくれ、屈み込んで消毒するようにチロリと尿道口を舐めてくれた。

「あう……」

その刺激に治郎は呻き、すぐにもムクムクと回復してしまった。

「ね、由紀子さんもオシッコして」

彼は言って床に座り、目の前に由紀子を立たせ、片方の足を浮かせてバスタブのふちに乗せさせた。

開いた股間に顔を埋めると、もう恥毛に沁み付いていた濃い匂いも薄れてしまったが、舐めると新たな愛液が溢れて舌の動きが滑らかになった。

「アア……、いいの？　本当に出そうよ……」

由紀子は息を詰めて言い、フラつく身体を支えるように両手を彼の頭に乗せた。

なおも腰を抱えて舐めていると中の柔肉が盛り上がって急に味わいと温もりが変わり、すぐにもチョロチョロと熱い流れがほとばしってきた。

「あう、出る……」

由紀子が膝をガクガク震わせながら呻き、彼は口に受け止めて味わった。味も匂いも淡く控えめで、それは抵抗なく喉を通過していった。

勢いが増すと、口から溢れた分が胸から腹を温かく伝い流れ、完全に勃起したペニスが心地よく浸された。

治郎は嬉々として飲み込み、やがて流れが治まると余りの雫をすすり、悩ましい残り香の中で舌を這い回らせた。新たな愛液が溢れて淡い酸味のヌメリが満ち、たちまち舌の動きが滑らかになった。

「ああ、もうダメ……」

由紀子は言って足を下ろし、立っていられずにクタクタと座り込んできた。

それを抱き留め、また互いの全身をシャワーで洗い流すと、治郎は彼女を支えて立ち上がった。

そして身体を拭き、また二人全裸で布団に戻った。もちろん治郎はもう一回射精しなければ治まらないし、彼女もまた、アナルセックスではない正規の場所で満足を得たいのだろう。

彼が仰向けになって股を開くと、すぐに由紀子も腹這いになり、陰嚢を舐め回してから肉棒の裏側を舐め上げ、先端にしゃぶり付いてきた。

熱い息を股間に籠もらせ、念入りに尿道口を舐めて張り詰めた亀頭を含み、スッポリと喉の奥まで呑み込んで吸い付いた。

「ああ、気持ちいい……」

治郎は温かく濡れた美熟女の口腔で、ヒクヒクと唾液にまみれた幹を震わせながら喘いだ。由紀子も深々と頬張って舌をからめ、顔を上下させスポスポと強烈な摩擦を繰り返した。

「い、入れたい……」

すっかり高まった治郎が言うと、由紀子もすぐにチュパッと口を離した。

由紀子の手を引くと、彼女も前進してペニスに跨がり、あとは自分から先端に割れ目を押し付け、息を詰めてゆっくり受け入れていった。

「アア……、いい……」

ヌルヌルッと根元まで嵌まり込むと、由紀子が身を重ねて喘ぎ、キュッときつく締め上げてきた。

治郎も僅かに両膝を立て、下から両手を回してしがみつき、温もりと感触を味わった。やはり二人とも、この場所でピッタリと一つになるのが一番良いと再認識したものだった。

彼の胸に巨乳が密着して心地よく弾み、由紀子は恥毛を擦り合わせ、コリコリする恥骨の膨らみを伝えながら腰を動かしはじめた。

治郎もズンズンと股間を突き上げると、大洪水になった愛液の潤いで、律動がヌラヌラと滑らかになり、互いの股間も生温かくビショビショになった。

「ああ、すぐいきそうよ……」

由紀子が喘ぎながら言って収縮を活発にさせ、治郎は彼女の顔を引き寄せて唇を重ねた。

「ンンッ……」

彼女は熱く鼻を鳴らして呻き、挿し入れた治郎の舌にチュッと吸い付いてきた。

治郎も生温かな唾液に濡れて滑らかに蠢く舌を味わい、リズミカルに股間を突き上げ続けた。

「アア……、いい気持ち……」

由紀子が息苦しげに口を離し、淫らに唾液の糸を引きながら喘いだ。

熱く湿り気ある吐息は白粉のような甘い匂いを含み、悩ましく彼の鼻腔を刺激してきた。

「唾を出して……」

高まりながら囁くと、由紀子も懸命に分泌させ、小泡の多い唾液をトロトロと吐き出してくれた。彼は舌に受けて味わい、うっとりと喉を潤した。

さらに彼女の喘ぐ口に鼻を擦りつけ、唾液と吐息の匂いで胸を満たしながら、とうとう昇り詰めてしまったのだった。

「く……！」

突き上がる大きな絶頂の快感に短く呻き、ありったけの熱いザーメンをドクンドクンと勢いよく内部にほとばしらせると、

「あ、熱いわ、いく……、アアーッ……！」

噴出を感じた途端に由紀子も声を上ずらせ、ガクガクと狂おしいオルガスムスの痙攣を繰り返しはじめたのだった。

膣内の収縮も最高潮になり、彼は摩擦と締め付けの中で心ゆくまで快感を味わい、最後の一滴まで出し尽くしたのだった。

アナルセックスも新鮮だったが、やはり彼はこうして女上位で、美女の重みと温もりを感じながら中出しするのが最も気持ち良かった。

すっかり満足しながら徐々に突き上げを弱めていくと、

「ああ……」

由紀子も小さく声を洩らし、熟れ肌の強ばりを解きながらグッタリと彼にもたれか

かってきた。

まだ膣内は名残惜しげな収縮が繰り返され、射精直後で過敏になったペニスが内部でヒクヒクと過敏に跳ね上がった。

そして治郎は由紀子の甘い刺激を含んだ吐息で鼻腔を満たしながら、うっとりと快感の余韻に浸り込んでいったのだった……。

5

「吉野真佐江は完全に失脚したわ」

瑞穂が治郎に言った。今日は彼女に呼ばれ、治郎が青竜機関にある瑞穂の部屋に来ていたのだ。

「そう、何だか可哀想ですね」

治郎もネットで、真佐江の淫行画像が流れて問題になっていることを知っていた。

もちろん治郎の顔は全てモザイクがかけられ、それでも高校生というのは分かり、いかに真佐江やマスコミが探そうとも、その名と顔の生徒はいないのだから少年の正体は永遠の謎となる。

「真佐江はハニートラップだと騒いでるけど、したことは事実なのだから」

「そうですね。旦那の議員も、イメージダウンで失脚間近だとネットニュースで見ました」

「ええ、もし可哀想と思うなら、ほとぼりが冷めてからまた抱いてやるといいわ。じゃ、真佐江のことは解決したのでご苦労様」

瑞穂は言い、話を切り替えるように資料を探った。

「で、次のターゲットはこの人よ」

彼女が、写真を差し出してきた。

「うわ、外人ですか」

「ええ、リンダ秘書官。彼女を攻略すると、日米関係がさらに良好になるの。英語は大丈夫よね」

言われて、彼も頷いた。

この十年間で、治郎は英会話も完璧にマスターしていたのである。

「四十二歳のバツイチ。見た通り、金髪でかなりグラマーな美人だけど、実は彼女は不感症という噂があるわ」

瑞穂が言う。

「不感症ですか……」

「そのせいかどうか癇《かん》が強く、ふとしたことで整いかけた会談が壊れたこともあったわ。でも、子供はいるのだから以前は普通に感じていたと思う」

「じゃ何か原因が」

「そう、きっと不感症は後天的なもので、元夫の性癖や浮気などが心因となって、心身が閉ざされているのね。頭も良く優秀なのだから、あとは適度な快楽が必要だと思うの」

「分かりました。やってみます」

「失敗したら日米関係に悪影響が出るから責任重大よ。治郎とリンダを二人きりにさせる段取りは何とかするけど、そのあとに何か策はあるの？　簡単に裸にはならないタイプよ」

「マッサージを行なうことにしましょう。僕の血の中に潜む技術、多分ツボの刺激で何とかなるのじゃないかと」

「なるほど、マッサージなら簡単に身を投げ出すかも。そもそも君の持つ天然の媚薬フェロモンもあるから、不感症でも全く効果がないとは言えないわね」

瑞穂が言って立ち上がり、手早く全裸になってベッドに向かった。

「来て。まず私に試してみて」

言われて、治郎も服を脱ぎ去り、瑞穂をベッドにうつ伏せにさせた。

治郎は、彼女の白く滑らかな背中と豊満な尻に興奮しながら、まずは両の親指で、くるぶしの内側を指圧してみた。

「なるほど、三陰交《さんいんこう》のツボね」

瑞穂も、身を投げ出しながら知識を口にした。彼女もまた天堂衆という素破《すっぱ》の頭目の血を引いているからツボも心得ているし、不感症を演じるため感じないよう自身を抑えることも出来る。

治郎は充分に刺激してから、さらにウエストのくびれから背骨にかけて左右にあるツボを両の親指で圧迫した。

「腎兪《じんゆ》のツボ……、確かに効いてきそう……」

顔を伏せながら瑞穂が言い、さらに治郎は彼女を四つん這いにさせて尻を突き出させ、両手で三陰交を指圧しながら、舌と歯で尾てい骨にある、仙骨《せんこつ》というツボを刺激してやった。

「あ、ああ……、ダメよ、じっとしていられない……」

瑞穂が、豊かな双丘をクネクネさせ、顔を伏せたまま熱く喘いだ。

口を離して見ると、割れ目から溢れた大量の愛液が内腿にまで伝いはじめている。

素破として自分をコントロールできる瑞穂が、あっという間に感じてしまったのだから、治郎の技は単なるツボの刺激のみならず、もっと心の中に響く何かがあるのだろう。

ここまで来れば、もう割れ目に直《じか》に触れても大丈夫だろう。

治郎は彼女の尻の谷間に鼻を埋め込み、顔中で双丘を感じながら蕾に籠もる微香を嗅ぎ、舌を這わせた。そして陰唇の内側に指を挿し入れ、内壁を小刻みに擦り、Gスポットも圧迫してやった。

「アアッ……、感じる……！」

瑞穂は尻を持ち上げていられず、喘ぎながらゴロリと横向きになった。

彼はそのまま仰向けにさせ、茂みに鼻を擦りつけて汗とオシッコの蒸れた匂いを貪り、クリトリスに吸い付いていった。

「い、入れて、お願い……」

「まだダメです。僕はしゃぶってもらっていないから」

「じゃ早く、くわえさせて……」

瑞穂がせがみ、治郎は割れ目に顔を埋めながら身を反転させて彼女の顔に跨がり、男上位のシックスナインで股間を寄せていった。

すると、すぐにも瑞穂が下から幹に指を添え、亀頭にしゃぶり付いてきた。

治郎は快感を味わいながら根元まで押し込み、執拗にクリトリスを舐めては匂いに噎せ返り、溢れる愛液をすすった。

「ンンッ……！」

瑞穂も、感じるたびビクリと反応して呻き、熱い鼻息で陰嚢をくすぐりながら反射的にチュッと強く亀頭に吸い付いてきた。

治郎はクリトリスを吸いながら、まるで彼女の口とセックスするように、ズンズンと小刻みに腰を動かしはじめると、

「ク……」

喉の奥を突かれた瑞穂が呻き、たっぷりと生温かな唾液を出してペニスを浸した。

そして、とうとう我慢しきれずにスポンと口を離し、

「も、もういいでしょう。お願いよ……」

必死にせがむので、ようやく治郎も舌を引っ込めて彼女の上から移動した。

瑞穂は、もうメロメロになって起き上がる力も湧かないようなので、向き直った彼は正常位で股を開かせ、股間を進めていった。そして唾液にまみれた先端を割れ目に

押し付け、ゆっくり膣口に押し込んだ。

たちまちペニスはヌルヌルッと滑らかに根元まで没し、

「アアッ……！」

瑞穂が顔を仰け反らせて喘ぎ、下から両手を回して彼の身体を抱き寄せた。

治郎も股間を密着させ、肉襞の摩擦と温もりを味わいながら身を重ねていった。

とうとう彼にとってセックスの師匠であった瑞穂を快楽の渦に巻き込み、いま初めて淫法の実力が逆転したのだった。その達成感に治郎の胸は熱くなった。

深々と押し込んだまま、まだ動かずに屈み込み、彼は息づく巨乳に顔を埋め込み、ツンと勃起した乳首を含んで舐め回した。

「ああ……、突いて。乱暴に奥まで……」

瑞穂が薄目で彼を見上げて喘ぎ、ぼうっと上気した顔で言った。

膣内の収縮は激しくなり、待ちきれないように彼女はズンズンと股間を突き上げてきた。

治郎は左右の乳首を味わい、顔中で巨乳の感触を堪能すると、さらに腕を差し上げて腋の下にも鼻を埋め込んだ。

そこは生ぬるくジットリと湿り、何とも甘ったるいミルクのような汗の匂いが濃厚に籠もり、悩ましく鼻腔を刺激してきた。

ようやく治郎も徐々に腰を突き動かし、浅い部分で小刻みに摩擦し、たまにズンと根元まで押し込んだ。

「あう……、すごい……！」

瑞穂は粗相したように大量の愛液を漏らし、すっかり彼に翻弄《ほんろう》されながら腰をくねらせた。

治郎は、九浅一深の技でリズミカルに動き、ジワジワと絶頂を迫らせていった。

そして彼女の白い首筋を舐め上げ、上からピッタリと唇を重ね、舌を挿し入れて滑らかな歯並びを左右にたどった。

「ンン……」

すると彼女も歯を開いてからみ付け、潜り込んだ彼の舌にチュッと強く吸い付いてきた。治郎もネットリと舌を蠢かせ、美女の生温かな唾液と滑らかな舌の感触を堪能した。

「も、もうダメ……、いきそう……」

瑞穂が口を離して顔を仰け反らせ、声を上ずらせた。

喘ぐ口に鼻を潜り込ませ、甘い刺激の吐息を嗅ぎながら、いつしか治郎も股間をぶつけるように激しく律動していた。

「い、いく……、アアーッ……！」

とうとう瑞穂が身を弓なりにさせて喘ぎ、ガクガクと狂おしく腰を跳ね上げてオルガスムスの痙攣を繰り返しはじめた。

彼女がブリッジするように身を反らせるたび、治郎も全身も激しく上下し、まるで暴れ馬にしがみつく思いで、続いて彼も昇り詰めてしまった。

「く……！」

突き上がる大きな快感に呻き、彼はありったけの熱いザーメンをドクンドクンと勢いよく柔肉の奥に注入した。

「ヒッ……、すごい、奥まで感じる……！」

噴出を受けた瑞穂は、駄目押しの快感を得たように息を呑み、何度も快感の波が押し寄せてくるように悶え続けた。

治郎も肉襞の摩擦で快感を嚙み締め、瑞穂のかぐわしい息を嗅ぎながら、心置きなく最後の一滴まで出し尽くしていった。

すっかり満足して徐々に動きを弱め、遠慮なく熟れ肌に体重を預けていくと、

「アア……」

瑞穂も満足げに声を洩らし、熟れ肌の硬直を解いてグッタリと身を投げ出した。

魂まで抜けてしまったかのような彼女の顔は、欲も得も使命もなく、何とも菩薩《ぼさつ》のように清浄な表情になっていた。

しかし膣内は、まだ貪欲にザーメンを飲み込むような収縮が繰り返され、刺激されるたび過敏になったペニスがヒクヒクと震えた。

「ああ……、もう堪忍《かんにん》……」

瑞穂は、膣内で暴れるペニスの刺激に、自分もすっかり敏感になったように声を震わせた。

そして治郎はもたれかかり、熱く湿り気ある甘い吐息を胸いっぱいに嗅ぎながら、うっとりと快感の余韻を味わったのだった。

「こ、これならきっと、どんな不感症の女でも感じてしまうわ……」

瑞穂が呟くようにか細く言い、治郎も荒い呼吸を整えて、身を起こしながらゆっくり股間を引き離していった。

「起きられないわ。バスルームへ連れて行って……」

瑞穂が言うと、治郎は彼女を横抱きにして、バスルームへと移動した。淫法の達人は、脱力感など一瞬のうちに消し去り、通常の力が出せるのである。

バスルームで、彼は互いの全身にシャワーの湯を浴びせた。

椅子に座りながら、瑞穂もようやくほっとしたようだった。

「もう今回の任務の心配はしないわ。あとでスーツに着替えて、リンダのホテルへ行って……」

「分かりました」

「いま射精しちゃったけど、何度でも大丈夫でしょう？」

「ええ、もちろん」

瑞穂に言われ、治郎は逞しく頷き、心はもう使命に向かいはじめたのだった……。

（了）

＊本作品はフィクションです。作品内に登場する人名、地名、団体名等は実在のものとは関係ありません。

長編小説

あやかし秘蜜機関《ひみつきかん》

睦月影郎《むつきかげろう》

2019年6月24日　初版第一刷発行

ブックデザイン……………………… 橋元浩明(sowhat.Inc.)

発行人…………………………………………… 後藤明信
発行所…………………………………… 株式会社竹書房
〒102-0072　東京都千代田区飯田橋2－7－3
電話　03-3264-1576（代表）
03-3234-6301（編集）
http://www.takeshobo.co.jp
印刷・製本……………………………… 凸版印刷株式会社

ISBN978-4-8019-1915-0　C0193